Nos penhascos de mármore

Ernst Jünger

Nos penhascos de mármore

Apresentação
Antonio Candido

Tradução e posfácio
Tercio Redondo

COSACNAIFY

A viagem de Jünger por Antonio Candido, 7

NOS PENHASCOS DE MÁRMORE, 19

Apêndice

Posfácio por Tercio Redondo, 175

Sugestões de leitura, 193

A viagem de Jünger por Antonio Candido

Além de grande escritor, Ernst Jünger, falecido em 1998 com 102 anos, foi naturalista competente e viajante cheio de percepção. O seu gosto pela forma do diário e pelo registro das experiências era adequado para quem gostava de observar e testemunhar. E em tudo o que escreveu aparece um senso atilado do pormenor, o prazer que tem o pesquisador de extrair o objeto e o fato da massa das observações. Muito disso é visível na sua obra-prima, o curto romance simbólico *Sobre os penhascos de mármore* (1939), denúncia das tiranias, que suscitou reações indignadas por parte de autoridades nazistas, como se elas tivessem posto a carapuça. Parece que Goebbels, por exemplo, quis puni-lo, mas acontece que Hitler era admirador dos seus livros ultranacionalistas do decênio de 1920 e admirava a folha corrida desse super-herói da guerra de 1914-1918. Por isso, mandou deixá-lo em paz.

A esses motivos talvez não tenha sido estranho outro, isto é, certo sentimento de parentesco ideológico, pois Jünger foi uma espécie de pré-nazista e poderia numa fase inicial ter aderido ao movimento. No primeiro pós-guerra teve contactos com as organizações paramilitares de extrema direita, os Freikorps, e colaborou com os Capacetes de Aço, milícia patriótica e revanchista de ex-combatentes, que se incorporou ao nazismo depois que este chegou ao poder em 1932. Doutrinariamente, a partir do decênio de 1930, Jünger se dizia *anarca*, segundo ele um modo de afirmar a singularidade e a independência do indivíduo contra a opressão dos governos, mas também contra a massificação e a vulgaridade que ela produz. Foi provavelmente a vulgaridade popularesca que lhe desagradou no nazismo, cujos favores recusou e ao qual não apenas deixou de apoiar, mas sempre se manifestou contrário, numa divergência de tipo aristocrático, como a dos oficiais nobres comprometidos no atentado contra Hitler em julho de 1944. Jünger não participou dele, mas esteve ligado a muitos que participaram, ou estavam de acordo, como os generais Speidel e Stupnagel, seus superiores nas tropas de ocupação de Paris durante a Segunda Guerra Mundial.

Ele combateu nela como capitão e escreveu a respeito três volumes de um diário, onde narra a sua vida na capital francesa, de um modo que deixa perceber a aversão ao regime hitlerista. Aversão causou-lhe também a própria guerra, que segundo ele já não era mais guerra, e sim uma espécie de catástrofe como as naturais – tipo terremoto ou vulcão – desencadeada pela técnica desumanizadora, que anula o cavalheirismo, essencial à atividade militar. Em suma, era um heterodoxo que se tornou suspeito, tanto assim que foi posto na reserva, enquanto morria em combate na Itália seu filho Ernst, expressamente antinazista. Findo o conflito, foi ameaçado por medidas de desnazificação e esteve proibido de publicar durante quatro anos, mas nada de pior lhe aconteceu, parece que inclusive por influência de Bertolt Brecht, que, como Hitler fizera antes, recomendou, no pólo oposto, que o deixassem em paz.

Apesar de muita restrição por parte de grupos de esquerda, em paz ficou, inclusive admirado e festejado pelos franceses, de cuja literatura foi sempre conhecedor e cultor fervoroso. Produziu muito, continuou a viajar e a pesquisar no campo da botânica e da zoologia, com uma disposição física e mental raríssima até o fim da vida.

Isso é dito como introdução ao objetivo deste escrito: lembrar que Jünger veio ao Brasil numa excursão de sessenta dias em 1936 e aqui esteve por todo o mês de novembro (naquele tempo, só a viagem de ida e volta, por navio, tomava um mês). O relato é feito sob a forma de diário em *Viagem atlântica* (publicado em Londres em 1947) e denota grande capacidade de observação, tanto da natureza quanto das cidades e dos tipos apenas vislumbrados. Mas observação de naturalista, como se as pessoas, os animais, as plantas fossem equivalentes ante o olhar perscrutador. Da gente, anota sobretudo as tonalidades da pele e registra com simpatia a delicadeza com que foi tratado. A única observação de tipo social é que o escravo vivia provavelmente melhor do que muitos operários de hoje. No mais, homens, mulheres, borboletas, plantas parecem pertencer ao mesmo universo exótico, visto com curiosidade simpática. E são notáveis a disposição e a naturalidade com que circulou pela terra desconhecida, cuja língua ignorava, entrando pelo mato, tomando bondes e ônibus, indo a botequins, almoçando por vezes um cacho de bananas rebatido pela cachaça nacional. E sempre registrando com precisão incrível as cores e os sabores, inclusive os do café e de uma fruta que denomina "laputtilha" e pode ser "sapoti", talvez o único exemplo de erro na grafia dos nomes, sempre escritos de maneira correta ou só ligeiramente alterada. O primeiro contacto foi com o Pará. O vapor contornou a ilha de Marajó e fundeou em Belém, que ele visitou com encanto, tocado pela riqueza natural da Amazônia, lamentando que os turistas preferissem a visão mediada pelos aparelhos, em vez de deixar o olho livre para contemplar e organizar a contemplação:

> Estupidez dos passageiros que, da amurada, fotografam e filmam, sobretudo quando o barco passa rente à margem, quase roçando nela. No momento que deveria ser consagrado inteiramente à união do olho com as coisas, o homem só pensa nos apetrechos de apanhar sombras, mecanizando a lembrança. [Assim] torna-se rudimentar, fica sendo apêndice ou órgão a serviço do aparelho magnífico de que está armado.

Este trecho mostra que, para ele, mais importante do que *registrar* é *compor* os dados da percepção segundo uma espécie de intencionalidade. É o que parece dizer uma anotação feita no fim da viagem, depois da visita a Las Palmas:

> Um pensamento a ser tratado longamente: passeios como os do Rio parecem composições, a mim que vou flanando assim. Estou em veia musical, e quando o mundo produz visões e mais visões, ao modo de notas, eu as organizo segundo o motivo executado em mim. É uma espécie de embriaguez, na qual as imagens são o vinho. Quanto mais ela aflui, mais colorida fica a sala das imagens que está em nós. A luz que vem da janela empalidece ante a que emana de nós e se irradia. Só então o mundo assume o seu estilo autêntico.

A alma do enunciado é, portanto, um certo *estilo,* um modo peculiar devido à capacidade de orquestrar as impressões segundo um propósito interior, que permite extrair da experiência uma ordem que leva a compreender, no sentido forte da palavra.

Foi esse observador privilegiado que viu o Brasil durante quase um mês, *compondo* numa visão expressiva as impressões, tanto da natureza quanto das cidades, com uma objetividade compreensiva que estimula o leitor e faz pensar que passamos ao lado das mesmas coisas, sentimos os mesmos cheiros e os mesmos sabores sem lhes dar a importância e o significado atribuídos pela percepção finíssima de Jünger.

Do Pará o navio desceu até Recife e veio para Santos, onde o nosso excursionista desenvolveu uma atividade incrível, estudando as plantas, explorando os arredores até a serra, analisando as casas e os jardins. Um dia veio a São Paulo de trem e voltou à tarde de automóvel. Aqui, almoçou no Hotel Esplanada (o único de luxo que havia então na cidade), encontrou um amigo imigrado e se demorou nos dois lugares de visita obrigatória naquele tempo, praticamente os únicos para turista ver: o Butantan e o Museu do Ipiranga. Suas observações mais completas foram feitas no Rio, onde circulou detidamente pela floresta da Tijuca e percorreu bares e ruas. Dali rumou para a Bahia, que o impressionou pelos conventos e as igrejas. Na viagem de volta o navio parou em Las Palmas, Madeira e Casablanca. A última anotação, feita a bordo na chegada a Hamburgo, deixa clara a aversão ao regime dominante na Alemanha:

> Hoje à noite ou amanhã, partida para Leisnig e Ueberlingen, no lago Boden. Que me seja concedido passar, nessas paragens ensolaradas, dias, talvez anos, livre, sereno, ativo – apesar de toda a baixa vilania que nos cerca.

O meu palpite (não mais que um palpite) é que a viagem ao Brasil pode ter sugerido alguns elementos secundários para

Sobre os penhascos de mármore, publicado três anos depois. Feita na primeira pessoa, essa narrativa deslumbrante mostra uma terra onde se justapõem três espaços culturalmente diversos, que de certo modo recapitulam no espaço o tempo histórico do homem. Separada por um penhasco de mármore, estende-se à beira-mar a região civilizada, Marina, com cidades, aldeias pacíficas de agricultores, centros de saber e de espiritualidade, na paz que sucedeu a uma grande guerra. Paz ameaçada, porque para lá dos penhascos ficam regiões turbulentas e atrasadas. Primeiro a Campanha, zona de pastores rudes e rebeldes, onde há todavia grupos favoráveis, como o liderado pelo velho e duro patriarca Belovar. Depois fica a Mauritânia, com florestas primitivas cheias de mistério, refúgio de marginais de toda espécie, cenário de opressão e torturas, de organizações secretas perigosas dispostas a tudo. Seu líder é o Monteiro-Mor, velho e poderoso tirano, senhor de fortuna imensa, que tem casas na Marina e é inimigo do trabalho pacífico, da ciência e de tudo o que representa a civilização. Os seus bandos espalham o terror e parecem estar sempre prontos para o saque e a destruição. Por isso os civilizados vivem numa expectativa agourenta, que acaba por levar o narrador, apoiado pelos pastores amigos da Campanha, à decisão de penetrar na floresta para tentar destruí-los. Mas são derrotados por eles, e tanto a região dos pastores quanto a Marina acabam submersas no sangue, taladas pelo fogo e a mais desbragada violência. O resultado é que as artes da paz perecem e triunfam os instintos elementares, apoiados na tirania irracional.

A narrativa é relativamente curta. Na tradução francesa, 180 páginas compostas em corpo grande. A sua marcha é insinuante, cheia de elipses, negaceios e subentendidos, num tom de relato lendário atravessado por compassada lucidez. A linguagem, mesmo em tradução, é esplêndida, pois Jünger é desses autores para os quais a palavra tem sempre dois planos: a referência e o peso próprio. Linguagem carnal, correspondendo a um modo de conceber a criação literária que já encontramos no trecho da *Viagem atlântica* escrito depois da visita a Las Palmas e citado acima. No segundo volume dos diários de guerra, *Primeiro diário parisiense. 1941-1943*, há duas passagens cuja comparação é esclarecedora a respeito. Comentando a leitura de *Sobre a pedra branca*, de Anatole France, diz:

> [Neste livro] as palavras perderam a sua roupagem orgânica, por isso se delineam de maneira mais clara, mais sistemática. O estilo passa pelo filtro de todos os sedimentos do cepticismo, o que lhe comunica uma limpidez de água esterilizada. Uma prosa dessas pode ser lida duas vezes mais depressa do que qualquer outra, quando mais não fosse porque nela cada termo está no lugar lógico. Nisso consiste o seu defeito e também o seu mérito.

Compare-se com o que escreve noutro lugar sobre Maurice de Guérin:

> Sob vários pontos de vista ele está entre os maiores. Por exemplo, porque nele a linguagem não é apenas um meio de comunicar sentimentos e sensações, mas possui um corpo sensível e animado, ávido até a última sílaba por alcançar a forma. [Ele] conhece plenamente o sopro livre que transforma o barro em carne e sangue [...]

Tocada pela magia que alarga a realidade, a prosa de *Sobre os penhascos de mármore* tende ao segundo modo e nos leva a pensar no problema da relação entre o conceito e o seu objeto, que cria os diferentes modos do discurso, – desde aquele onde a palavra parece querer identificar-se ao objeto, até as tentativas de libertar-se dele, como se ela tivesse corpo, ou, nas palavras de Jünger, "roupagem orgânica". Dessas tensões vivem (ou morrem) as obras literárias.

Esse privilegiado instrumento expressivo é posto a serviço da visão catastrófica já mencionada, desfechando na civilização destruída pelas forças elementares da barbárie, que instauram a tirania. Isso pareceu logo a muitos uma condenação do nazismo, mas Jünger afirmou posteriormente que se tratava de atingir um alvo mais amplo, os totalitarismos do século, embora as brutalidades do regime de Hitler tenham inspirado a sua denúncia, como muitos nazistas perceberam e procuraram reagir pela sua punição.

De fato. *Sobre os penhascos de mármore* é mais do que um romance *à clef*, ou mesmo um romance político, pois é simultaneamente uma admirável arquitetura de palavras que se sustentam pela força da sua corporalidade. É uma *representação* terrível e devastadora dos totalitarismos, que acaba superando as contingências de época para ganhar a força do símbolo. E a própria visão expressa pelo narrador revela essa posição.

O narrador anônimo e seu irmão Otho vieram do Norte e se instalaram em Marina no Eremitério, lugar de trabalho intelectual e meditação, onde se dedicam à botânica e que funciona no livro como manifestação da vida do espírito. Inquieto, o narrador sente que a linguagem não é capaz de exprimir o que deseja nessa fase nova da vida. Certo dia (aqui o personagem parece comungar com idéias do autor que já ficaram mencionadas), contemplando o mar do alto jardim, tem consciência pela primeira vez de que o seu olhar pousa tranqüilamente sobre as coisas; então, percebe quase com angústia que está sentindo as palavras se separarem delas. No entanto, a partir dali ocorre nele uma espécie de despertar, pois viu que há o mundo real e o mundo da palavra, da qual aprende a se servir.

Portanto, a consciência da limitação da palavra produz o sentimento da sua realidade própria, separada da coisa, abrindo caminho para construir a expressão. Nesse sentido é que ela se torna por assim dizer carnal, habilitando o espírito a compor o mundo a partir do seu peso específico.

Fortalecido por esse paradoxo (palavra separada da coisa que possibilita a expressão da coisa), o narrador constrói o universo opulento do seu relato, povoado pelo mar, o fogo, a pedra, a flor, os animais, tudo transformado em espaço mágico. O meu palpite é que, na construção deste universo, algumas experiências e lembranças do Brasil podem ter atuado, desde traços tão ocasionais como a evocação da vitória-régia, no começo do livro, ou a presença, perto do fim, de uma capela da "Sagrada Família" (em português no texto). Mais importante, porém, é a presença da floresta violenta, cerrada, como as das regiões tropicais, e, sobretudo, das serpentes, que são os animais domésticos do Eremitério, inofensivas, passeando em liberdade, convivendo docemente com um menino, acorrendo na hora da comida, obedientes às ordens, – mas podendo transformar-se (no fim do livro) em agressoras ferozes que matam o cão gigantesco e furioso do monteiro-mor e, erguidas verticalmente como estacas vivas, salvam o narrador e seu irmão.

Ora, antes de vir ao Brasil Jünger só tinha feito viagens a lugares onde não há florestas primitivas nem serpentes em quantidade e variedade apreciáveis: Sicília, costa dálmata, Noruega (bem mais tarde irá ao Extremo Oriente e ao Norte da África). No Brasil, uma das coisas que mais o atraíram foi o Butantan com suas cobras, que descreve longamente, mostrando-as seguras pelo guarda, enrolando-se nele, entrando e saindo dos abrigos. Foi aqui, portanto, que teve conhecimento completo delas, e numa entrada alusiva a essa visita escreve:

> [...] a serpente não é apenas o mais perfeito dos animais, mas também o elemento de vida mais perfeitamente animal e primitivo, como exprime a horizontal do seu corpo, que toca a terra em toda a extensão. A alta perfeição física da serpente corresponde à de Lúcifer no imaterial.

A experiência fascinada do viajante em São Paulo pode explicar a presença e a função da cobra no romance, onde é ao mesmo tempo propícia e fatídica, sendo o único animal que vive no espaço destinado ao saber, à ciência do bem e do mal, segundo a tradição. E é curioso pensar que, enquanto o homem pode degradar-se até o nível inferior dos seres bestiais da floresta, – "lêmures", "vermes de fogo" e toda a malta criminosa a serviço do monteiro-mor, – as serpentes podem ser não apenas animais favoráveis, mas defensores do que é justo. Uma verdadeira inversão do mito, que as situa também no terreno do símbolo.

Nos penhascos de mármore

I.

Todos conheceis a profunda melancolia que nos acerca, ao recordarmos tempos felizes. Eles são irrevogáveis, e deles somos cruelmente separados por uma distância maior que todas as distâncias juntas. Quando tornam a brilhar, as imagens do passado revelam-se ainda mais atraentes: lembramo-nos delas como do corpo da amada que morreu, que descansa nas profundezas da terra e, à semelhança de uma miragem, nos faz estremecer num esplendor mais alto e mais puro. De novo e sempre, em nossos sonhos ardentes, tateamos à sua procura, em cada pormenor e em cada ruga. Tudo se passa como se não tivéssemos enchido até a borda a medida da vida e do amor. E, no entanto, nenhum arrependimento traz de volta o que se perdeu. Ah, que este sentimento se torne uma lição a cada momento de felicidade!

E a memória dos dias e das noites que se passaram torna-se ainda mais doce quando nos lembramos de que eles foram, do modo mais abrupto, encerrados pelo horror. Pois só então percebemos quão feliz é o acaso de gozarmos a vida em nossas pequenas comunidades, vivendo sob um teto sereno, participando de conversas aprazíveis e nos saudando afetuosamente, de manhã e de noite. Ah, reconhecemos sempre muito tarde que a cornucópia já nos regalava em sua plenitude.

Recordo-me assim dos tempos em que vivemos em Marina Grande, bastando-me essa lembrança para que retorne a sua magia. Naquela época, é verdade, certa preocupação, certo receio parecia toldar os dias, e acima de tudo nós nos acautelávamos do monteiro-mor. Vivíamos, portanto, com certa austeridade e vestíamos roupas simples, embora nenhum juramento nos obrigasse a isso. Duas vezes por ano, virávamos a vida do avesso – na primavera e no outono.

No outono, bebíamos feito sábios e honrávamos os vinhos deliciosos que prosperam nas encostas meridionais de Marina Grande. Quando ouvíamos por entre o caramanchão vermelho e os escuros cachos de uva os gritos alegres do vindimador, quando as prensas do lagar começavam a ranger nas cidadezinhas e nas vilas, e o cheiro do bagaço fresco desvendava o seu fermento nos pátios, descíamos ao encontro dos taberneiros, dos tanoeiros e dos vinhateiros, e com eles bebíamos de uma larga caneca. Não nos faltavam companheiros alegres, pois a terra é rica e bela, de modo que nela viceja o ócio descuidado, e em seu seio a graça e o humor valem como dinheiro.

Assim, nós nos sentávamos noite após noite em animado repasto. Naquelas semanas, vigias mascarados percorriam as vinhas de manhã cedo até a noite, com matracas e mosquetes, afugentando os pássaros cobiçosos. Mais tarde eles retornavam com coroas de codornizes, tordos malhados e papa-figos, e logo a sua caça surgia à mesa, sobre folhas de videira dispostas em grandes tigelas. Comíamos castanhas torradas e nozes recém-colhidas, acompanhadas pelo vinho novo, e com especial deleite, os esplêndidos cogumelos que se colhem nos bosques com o auxílio do faro dos cães – a trufa branca, o delicado *Werpel* e a oronga vermelha.*

Enquanto o vinho se mantinha doce e cor de mel, permanecíamos sentados harmoniosamente à mesa, em tranqüila palestra, com o braço estendido amiúde sobre o ombro do vizinho. Assim que o vinho, entretanto, começava a trabalhar e a se desvencilhar de sua porção terrena, os espíritos vigorosamente se animavam. Travavam-se então brilhantes duelos, nos quais a arma do riso decidia, e nos quais se enfrentavam esgrimistas que se distinguiam pela condução ligeira e desembaraçada do pensamento, algo que somente se adquire numa prolongada vida de ócio.

Porém, mais do que essas horas que passavam ligeiras e em humor radiante, prezávamos o tranqüilo retorno a nossa casa, percorrendo campos e jardins e imersos em estado de profunda embriaguez, enquanto o orvalho da manhã caía sobre a folhagem variegada. Quando, ao deixar a pequena cidade, atravessávamos o Portão do Galo, víamos reluzir à nossa direita a praia do lago e, à nossa esquerda, emergiam ao luar os cintilantes penhascos de mármore. Entre ambos assentadas, estendiam-se colinas cobertas de videiras, em cujas vertentes o caminho se perdia.

A esses caminhos ligam-se lembranças de um claro e espantoso despertar, que a um só tempo nos enchia de medo e nos alegrava. Era como se emergíssemos das profundezas da vida para a superfície. Qual uma palpitação que nos desperta do sono, um retrato invadia o escuro de nossa embriaguez – podia ser o chifre de bode que os lavradores da região dispõem sobre uma alta vara fincada em meio à plantação, ou o corujão, que com olhos amarelos se postava sobre a cumeeira de um paiol, ou ainda um

* *Werpel* e oronga: espécies de cogumelo. [N.T.]

meteoro que disparava crepitante no firmamento. Sempre, porém, quedávamos inertes, como que petrificados, e um súbito calafrio nos enregelava o sangue. Então, era como se nos fosse emprestado um novo sentido para ver a paisagem; observávamos tudo como se tivéssemos olhos aos quais era dado ver o ouro e os cristais em luminosos veios no seio da terra vítrea. Aí, acontecia de se aproximarem, pálidos e sombrios, os espíritos que ocupavam o lugar desde tempos imemoriais, antes que os sinos das igrejas dos mosteiros soassem e antes que um arado rasgasse a gleba. E eles se aproximavam de nós hesitantes, com as faces rudes e desajeitadas, cuja expressão, numa harmonia misteriosa, era igualmente gentil e assustadora; e nós os contemplávamos na terra dos vinhedos, comovidos e aterrorizados. Por um instante, parecia-nos que desejavam falar, mas logo desapareciam feito fumaça.

Calados, percorríamos o curto caminho até o Eremitério das Arrudas. Quando se acendia a luz na biblioteca, nós nos olhávamos e eu mirava o brilho sublime que matizava a face de irmão Otho. Naquele espelho eu reconhecia que o encontro não constituíra um engano. Sem trocar uma palavra, apertávamo-nos as mãos e eu subia ao herbário. Mesmo muito mais tarde, jamais tratamos desse fato.

Lá em cima eu ficava sentado à janela ainda por um bom tempo, em grande contentamento, e sentia no coração como a matéria da vida, a partir de um fuso, em fios de ouro se tramava. Então o sol nascia sobre Alta-Plana e, reluzentes, as terras alumiavam-se até os limites da Borgonha. As escarpas e as geleiras selvagens cintilavam em tons de branco e vermelho, e as altas margens moldavam-se trêmulas no verde espelho de Marina.

No espigão pontiagudo as pegas começavam o seu dia e alimentavam a segunda ninhada, a qual estridulava faminta, como se faquinhas estivessem a ser afiadas. Na faixa de juncos do lago subiam fileiras de patos e, nos pomares, o tentilhão e o pintassilgo bicavam os últimos frutos das videiras. Então eu ouvia abrir-se a porta da biblioteca, e irmão Otho entrava no jardim para observar os lírios.

2.

Na primavera, porém, nós nos embriagávamos até o desatino, pois esse é o costume na terra. Cobríamo-nos com batas coloridas cujo tecido esfarrapado luzia como a plumagem dos pássaros, e vestíamos máscaras rijas em forma de bico. Pulávamos feito bufões e mexíamos os braços como se fossem asas, tomando o caminho da vila, em cujo velho mercado se erguia a alta árvore dos doidos. Lá se realizava, à luz de tochas, o corso das máscaras; os homens faziam-se de pássaros e as mulheres fantasiavam-se com luxuosas roupas de séculos passados. Elas nos dirigiam gracejos com vozes que soavam como caixinhas de música, e nós lhes respondíamos com um estridente grito de pássaro.

Logo a marcha dos grêmios emplumados atraía-nos e tiravanos das tabernas e das adegas dos tanoeiros – surgiam as flautas finas e pungentes dos pintassilgos, as cítaras vibrantes das corujas, o contrabaixo bramante dos galos silvestres e os acordeões guinchantes com os quais a corporação das poupas acompanha os seus versos desavergonhados. Irmão Otho e eu juntávamo-nos aos picanços-pretos, em meio aos quais a marcha prosseguia, ao som de pancadas de colher em cubas de madeira, e encenávamos um conselho e um tribunal malucos. Convinha beber com cuidado: usando canudos, tínhamos de sugar o vinho do copo através das narinas do bico da máscara. Quando a cabeça ameaçava explodir, refrescava-nos uma incursão aos jardins e aos fossos junto aos muros da cidade; metíamo-nos também nos salões de baile, ou retirávamos as máscaras sob o caramanchão de uma taberna e comíamos, na companhia de um amorzinho ligeiro, um prato de *escargots* à moda da Borgonha, preparado numa alta frigideira.

Por toda parte e até o raiar do dia, ressoava nessas noites o estridente alarido dos pássaros – nas escuras vielas e em torno de Marina Grande, nos pequenos bosques de castanheiras e nas vinhas, nas gôndolas ornadas por lampiões na escura superfície do lago, e mesmo entre os ciprestes dos cemitérios. E sempre, como um eco, ouvia-se o grito assustado e fugidio que lhe respondia. As mulheres da terra são belas e cheias de uma força generosa, que o Velho Incendiário* denomina virtude donativa.

Vede, não são as dores desta vida, mas a recordação de sua alegria desenfreada e de sua abundância extremada o que nos enche os olhos de lágrimas. Assim, esse jogo de vozes calava fundo no ouvido e, mais que ele, o grito abafado com que Lauretta me surpreendia junto à muralha. Embora um merinaque alvo e bordado de ouro lhe cobrisse os membros e a máscara de madrepérola lhe velasse o rosto, eu a reconhecia pelo modo como ela, aos gritos, requebrava o quadril no escuro da alameda, e então eu me escondia sorrateiro atrás de uma árvore. Assustava-a com o riso do picanço e a perseguia, ao mesmo tempo que fazia esvoaçar as minhas largas mangas pretas. Mais acima, onde o marco

* Velho Incendiário: no original, "*der alte Pulverkopf*", referência a Friedrich Nietzsche. [N.T.]

romano se postava no vinhedo, eu a capturava exausta e, trêmulo, apertava-a nos braços, com a máscara rubra curvada sobre a sua face. Quando sentia que ela – como que em sonho e encantada por um poder mágico – se acalmava em minhas garras, eu me apiedava e, sorrindo, levantava a máscara.

Aí ela também começava a sorrir, e suavemente pousava a mão na minha boca – tão suavemente que eu mal sentia, em meio ao silêncio, o sopro que passava por entre os seus dedos.

3.

De resto a vida no eremitério transcorria em profundo retiro. Ele ficava à beira dos penhascos de mármore, sobre uma dessas ilhas rochosas que se vêem aqui e ali perpassar a terra dos vinhedos. O seu jardim constituía-se de estreitos leitos em meio à rocha, e nas bordas de seus muros frouxamente construídos aninhavam-se as ervas selvagens que vicejam nos férteis outeiros das vinhas. Ali, no começo do ano, florescia o jacinto dos cachos azuis e perolados, e no outono, a beladona nos deliciava com seu fruto, luzidio como o rubro lampião. Em todas as estações, porém, moitas de arruda verde-prata orlavam a casa e o jardim. Quando o sol estava a pino, elas exalavam um odor eriçado e atordoante.

Ao meio-dia, enquanto o forte calor cozia as uvas, o eremitério mantinha-se agradavelmente fresco, pois os seus pisos eram feitos de mosaico em estilo meridional e alguns de seus aposentos escavavam-se no rochedo. Eu, contudo, me estirava com prazer no terraço e ouvia quase a dormir o canto vidroso das cigarras. Grandes borboletas intrometiam-se no jardim e se lançavam sobre as flores da cenoura-brava, ao passo que, nos penhascos, os lagartos banhavam-se de sol, estirados sobre as pedras. E, por fim, quando a areia branca da trilha das serpentes ardia em brasa, as jararacas acercavam-na devagar e esse caminho logo se encontrava coberto por elas, como uma faixa de hieróglifos.

Não tínhamos nenhum receio desses animais, que habitavam em grande número as fendas e gretas do eremitério. Antes, nós nos encantávamos de dia com o seu brilho fulgurante e de noite com o silvo sonoro e delicado com que se faziam acompanhar em sua corte amorosa. Amiúde, passávamos sobre eles com as vestes ligeiramente suspensas e os afastávamos do caminho com os pés, se porventura estivéssemos recebendo uma visita que se atemorizasse. Mas sempre segurávamos as mãos de nossos convidados, quando percorríamos o trilho das serpentes, e diversas vezes notei que eles partilhavam conosco a sensação de liberdade e segurança que aquele caminho nos oferecia.

Muita coisa contribuía para tornar os animais assim confiáveis. Contudo, mal teríamos suspeitado o seu comportamento sem a presença de Lampusa, a nossa velha cozinheira. Enquanto o verão durasse, noite após noite, Lampusa lhes servia, diante da cozinha escavada no rochedo, uma tigelinha de prata cheia de leite, atraindo-os com um grito obscuro. Então, sob os últimos raios de sol no jardim, via-se um serpentear dourado reluzir na terra preta dos canteiros dos lírios e nos chumaços de arruda verde-prata, e, no alto, na aveleira e no sabugueiro. E os animais dispunham-se em torno da tigelinha, perfazendo o signo de uma inflamada coroa de fogo, enquanto bebiam do regalo.

Durante essa oferenda Lampusa sempre carregara nos braços o pequeno Erio, e ele acompanhava os gritos dela com a sua vozinha miúda. Mas qual não foi a minha surpresa, certa noite, ao ver a criança, que mal sabia andar, arrastar a tigelinha para fora. Ela batia com uma colher de pau na borda, e, reluzentes, as serpentes vermelhas deslizavam por ali, abandonando as fendas dos penhascos. Como em devaneio, eu ouvia o pequeno Erio rir, enquanto ele se postava no meio delas, no chão de terra batida, no pátio defronte à cozinha. Os animais serpenteavam em torno dele, semi-erguidos, e balançavam, acima da cabeça, suas próprias cabeças, triangulares e pesadas, fazendo rápidos movimentos pendulares. Eu estava no balcão e não ousava chamar o meu Erio, que se apresentava ali como aquele que é visto a perambular, dormindo, sobre o alto de uma escarpa. Foi então que eu vi a velha em frente à cozinha do rochedo; ela estava de braços cruzados e ria. Ao vê-la, fui tomado de um maravilhoso sentimento de segurança em meio ao arrebatado perigo.

A partir daquela noite fora Erio quem tocara o sininho da véspera. Quando escutávamos a tigelinha soar, abandonávamos o trabalho para nos comprazer com a visão de sua oferenda. Irmão Otho deixava a biblioteca e eu o herbário, e corríamos para o balcão interno. E Lampusa, com terno e orgulhoso semblante, deixava o fogão e espreitava a criança. Encantava-nos o zelo com que ele ordenava os animais. Em pouco tempo, Erio chamava cada uma pelo nome e, vestindo o seu casaquinho de veludo azul ornado de ouro, andava a passos curtos em torno de seu círculo. Ele cuidava, também, para que todas recebessem o leite e providenciava um espaço na tigelinha para as retardatárias. Batia com a colher de pau na cabeça de uma e de outra, ou apanhava uma das serpentes pelo colo e a afastava com toda a força, caso não abandonasse o lugar com a presteza esperada. Contudo, por mais rude que ele fosse ao pegá-los, os animais sempre se mantinham mansos e pacíficos, mesmo no período da troca de pele, quando se tornam muito sensíveis. Nessa época os pastores não deixam que as suas reses venham pastar nos penhascos de mármore, pois uma picada certeira derruba com a força de um raio até o touro mais robusto.

Mais do que todas, Erio amava a maior, a serpente mais bela, que irmão Otho e eu nomeáramos a *Grifa*, e que nós, com base em lendas dos viticultores, deduzíramos viver nas fendas desde épocas primordiais. O corpo da jararaca é vermelho-metálico e em geral o seu desenho é salpicado por escamas de brilho intenso. Nessa *Grifa*, porém, estampava-se a pura e imaculada cor dourada, que, na cabeça do animal, feito a obra de um joalheiro, tornava-se verde e resplandecia ainda mais forte. Irada, ela podia transformar o colo em escudo, que no momento do ataque cintilava como um espelho de ouro. Parecia que as demais lhe prestavam o devido respeito, pois nenhuma delas tocava a tigelinha antes que a dourada saciasse a sua sede. Então víamos como Erio brincava com a serpente, enquanto ela esfregava a cabeça pontuda em seu casaquinho, como os gatos costumam fazer.

Depois disso Lampusa servia-nos a merenda: dois copos de vinho comum e duas fatias de um pão escuro e salgado.

4.

Do terraço passava-se à biblioteca por meio de uma porta envidraçada. Nas manhãs de tempo bom, a porta ficava bem aberta, de modo que irmão Otho se sentava à sua grande mesa, como se estivesse num recanto do jardim. Eu entrava sempre com prazer naquela sala, em cujo teto se moviam as sombras esverdeadas das folhas e em cujo silêncio penetravam o chilrear dos pássaros mais novos e o zumbido próximo das abelhas.

À janela um cavalete portava uma grande prancheta para desenhar e, nas paredes, avolumavam-se fileiras de livros até o teto. A mais baixa dentre essas fileiras dispunha-se numa prateleira alta, que fora recortada à medida para os volumes in-fólio – para o grande *Hortus Plantarum Mundi* e para as obras com iluminuras desenhadas à mão, que hoje não se imprimem mais. Acima sobressaíam os repositórios que, por meio de gavetas, tornavam-se ainda mais amplos e ficavam cobertos por papéis esparsos e folhas amareladas do herbário. As suas escuras bancadas acolhiam também uma coleção de plantas fossilizadas que o nosso cinzel dissecara em covas de cal e minas de carvão. Em meio a elas havia alguns daqueles cristais que se expõem como adorno ou que a mão embala durante a conversa ponderada. Na última prateleira assomavam os pequenos volumes: um acervo botânico não muito extenso, porém completo quanto ao que já se escrevera sobre os lírios. Essa parte da biblioteca sobejava ainda em três áreas gerais: nas obras que tratavam da forma, das cores e do aroma.

As fileiras de livros alcançavam ainda o pequeno átrio e acompanhavam a escada que conduzia ao piso superior, onde se localizava o herbário. Ali ficavam os pais da igreja, os pensadores e os autores clássicos, de hoje e de antanho, e se destacava uma coleção de dicionários e enciclopédias de toda sorte. À noitinha eu me encontrava com irmão Otho no pequeno átrio, onde, na lareira, ardia um pequeno fogo no sarmento seco. Se o trabalho prosperava durante o dia, tratávamos de nos entreter numa dessas conversas descompromissadas, em meio às quais se caminha por sendas abertas e se reconhecem datas e autoridades. Divertíamo-nos com as excentricidades do conhecimento e com a citação rara ou que beira o absurdo. Nesses jogos vinha mui a propósito uma legião de escravos calados, atados pelo couro ou pelo pergaminho.

Quase sempre eu subia cedo ao herbário, e o trabalho avançava além da meia-noite. Quando nos mudamos para lá, havíamos forrado o piso com tábuas e organizado longas filas de armários. Em suas prateleiras amontoavam-se aos milhares os feixes de plantas do herbário. Apenas uma pequena porção delas havia sido colecionada por nós, e a maior parte provinha de outras mãos, elas mesmas há muito ressequidas. Por vezes, quando eu procurava uma planta, deparava com folhas de papel amareladas pelo tempo cuja assinatura esmaecida havia sido lavrada pelo próprio grande mestre Lineu. Nessas horas da noite e da madrugada eu preenchia e multiplicava os registros em diversas folhas – tomava o grande catálogo onomástico da coleção e, a seguir, a *Pequena Flora*, na qual assinalávamos cuidadosamente todos os achados das terras de Marina. Noutro dia irmão Otho examinava as folhas, tendo os livros à mão, e desenhava e coloria muitas delas. Assim, desenvolvia-se uma obra que, já na origem, nos proporcionava grande contentamento.

Quando estamos felizes, as mais modestas dádivas deste mundo satisfazem os nossos sentidos. Desde sempre eu venerei o reino vegetal e, em muitos anos de peregrinação, investiguei os seus prodígios. Era-me familiar o momento em que o coração palpita, ao se pressentirem os segredos que cada grão de semente abriga em seu desenvolvimento. Contudo, o esplendor do crescimento nunca me fora algo tão próximo quanto o era nesse chão que exalava um cheiro de verde há muito fenecido.

Antes de me deitar eu perambulava um instante no estreito corredor central. Naquelas meias-noites eu pensava amiúde que jamais observara as plantas tão reluzentes e admiráveis. Sentia de longe o aroma dos vales espinhosos e constelados de brancura, que na primavera eu fruíra na *Arabia Deserta*, e o cheiro de baunilha que refresca o caminhante no calor sem sombras dos bosques de araucárias. Então, como páginas de um velho livro, emergiam novamente as lembranças de certas horas de indescritível abundância – de pântanos quentes nos quais floresce a vitória-régia e de vegetações marinhas que de longe se vêem arder, ao meio-dia, sobre suas pálidas pernas-de-pau, defronte a costas de palmeiras. Faltava-me, porém, o medo que nos assalta sempre que vislumbramos o crescimento demasiado, o qual, de modo semelhante à imagem divina, com mil braços nos atrai. Eu sentia como, por meio de nossos estudos, novas forças despontavam para resistir aos ardentes poderes anímicos e domá-los, assim como os cavalos são conduzidos pela rédea.

Amanhecia, muitas vezes, antes que eu me estirasse sobre o catre de campanha que tinha sido armado no herbário.

5.

A cozinha de Lampusa penetrava no rochedo de mármore. Cavernas semelhantes haviam oferecido, em tempos passados, pouso e proteção aos pastores e, mais tarde, como câmaras ciclópicas, elas foram incorporadas às herdades. Cedo já se via a velha postada diante do fogo a cozer a sopinha de Erio. Covas mais fundas anexavam-se à câmara do forno, recendendo a leite, frutas e vinho evaporado. Eu raramente entrava nessa parte do eremitério, pois a proximidade de Lampusa me causava certo mal-estar que eu preferia evitar. Erio, ao contrário, conhecia bem cada recesso do lugar.

Era também habitual que eu visse irmão Otho permanecer com a velha junto ao fogo. Devia-se a ele a alegria que me proporcionava Erio, o fruto de meu amor com Silvia, a filha de Lampusa. O caso ocorreu na época em que nós lutávamos junto com os cavaleiros purpúreos na campanha contra os povos livres de Alta-Plana, a qual mais tarde veio a fracassar. Repetidas vezes, quando cavalgávamos em direção aos desfiladeiros, víamos Lampusa diante de sua cabana e, a seu lado, a esguia Silvia, de saia vermelha e lenço vermelho na cabeça. Irmão Otho estava a meu lado quando apanhei do chão poeirento o cravo que Silvia tirara do cabelo e lançara ao caminho, e durante a marcha ele me advertiu quanto à velha e à jovem feiticeiras – num tom jocoso, mas apreensivo. Aborreceu-me mais, porém, o riso com que Lampusa me examinara, e eu o senti descaradamente alcoviteiro. E, no entanto, passei a visitar a cabana.

Finda a guerra, retornamos a Marina e nos mudamos para o eremitério. Soubemos então do nascimento do pequeno e fomos inteirados de que Silvia partira com gente estranha e o deixara para trás. A notícia me apanhou numa época difícil, sobretudo porque ela chegava no início de uma fase que, depois das misérias da campanha, fora reservada a estudos serenos.

Por essa razão, dei a irmão Otho plenos poderes para que procurasse Lampusa e falasse com ela, concedendo-lhe o que ele julgasse adequado. Qual não foi a minha surpresa ao saber que ele, ato contínuo, trouxera ambas, ela e a criança, para o trabalho doméstico em nossa casa. E, contudo, esse passo provou-se abençoado para todos nós. Do modo como se reconhece no acerto de uma ação em particular que o passado nela se esclarece, assim também se revelava, sob uma nova luz, o caso de amor com Silvia. Eu reconhecia ter julgado Silvia e sua mãe com preconceito, tratando-a com demasiada negligência por tê-la achado com tanta facilidade, assim como se toma por vidro a pedra preciosa que rebrilha no caminho. E, não obstante, tudo o que é precioso chega até nós por acaso – as melhores coisas da vida, nós as recebemos de graça.

Foi preciso, naturalmente, impor certa ordem à despreocupação típica de irmão Otho. Ele tinha por princípio tratar aqueles que de nós se aproximavam como raridades que se descobrem numa peregrinação. Aprazia-lhe denominar essas pessoas os *optimates*, insinuando que *todas* tomavam parte da inata nobreza deste mundo, e que cada uma delas podia nos oferecer as coisas mais elevadas. Ele as compreendia como receptáculos do maravilhoso e, tomando-as por figuras sublimes, concedia-lhes direitos senhoriais. E, de fato, eu via todos aqueles que dele se aproximavam evoluir, feito plantas que despertam de seu sono hibernal – não que se tornassem melhores; mas tornavam-se mais elas mesmas.

Assim que chegou, Lampusa assumiu o governo da casa. Seu trabalho realizava-se com naturalidade, e no jardim o seu labor não era estéril. Enquanto irmão Otho e eu seguíamos à risca os preceitos do plantio, ela enterrava as sementes sem cuidado e deixava as ervas daninhas medrarem à solta. E, ainda assim, com pouco esforço, colhia três vezes mais sementes e frutos do que nós. Eu via, muitas vezes, o modo como ela, sorrindo com desdém, observava as tabuletas ovais de porcelana em nossos canteiros, nas quais se liam os gêneros e as espécies consignados por irmão Otho em delicada e cerimoniosa caligrafia. Nesse momento ela exibia, feito uma presa, o único incisivo que lhe restara.

Embora, assim como Erio, eu a chamasse de avó, ela quase só tratava comigo de assuntos relativos à administração da casa e, o mais das vezes, de forma totalmente atrapalhada, como as governantas costumam fazer. O nome de Silvia jamais surgiu entre nós. Apesar disso, incomodara-me que Lauretta viesse me buscar na noite seguinte àquela passada junto à muralha. A velha, porém, mostrou-se de bom humor nessa ocasião e apressou-se em trazer vinho, morcelas e bolos para recepcioná-la.

Com Erio, eu sentia o prazer natural da paternidade, bem como o prazer espiritual da adoção. Amávamos a sua disposição calma e atenta. Assim como as crianças procuram imitar os afazeres que avistam em seu pequeno mundo, Erio se voltara desde cedo para as plantas. Víamo-lo, com freqüência, sentar-se por um bom tempo no terraço para observar um lírio que estivesse prestes a desabrochar, e quando a flor se abria ele corria à biblioteca para alegrar irmão Otho com a novidade. De igual modo, pela manhã, ele ficava diante da bacia de mármore em que criávamos nenúfares de Cipângu,* cujos periantos os primeiros raios de sol faziam rebentar com um delicado sonido. No herbário eu reservara uma cadeirinha para ele – ficava sentado ali e me observava no trabalho. Quando eu o via em sua quietude a meu lado, sentia-me reanimado, como se por meio das intensas e graciosas chamas da vida que ardiam em seu corpo as coisas adquirissem uma nova aparência. Parecia-me que os animais buscavam a sua proximidade, pois, ao encontrá-lo no jardim, eu sempre via adejar em sua volta os coccinelídeos vermelhos que o povo denomina joaninhas. Elas andavam em sua mão e volteavam-lhe o cabelo. Era também bastante estranho o fato de que, ao chamado de Lampusa, as jararacas circundassem a tigelinha num entrelaçado incandescente e que, diante de Erio, formassem a figura de um disco radiante. Irmão Otho foi o primeiro a notá-lo.

Aconteceu, assim, de a nossa vida fugir aos planos que havíamos traçado. E logo advertimos que essa diferença favorecia o trabalho.

* Cipângu: no original, "*Zipangu*", nome conferido por Marco Polo à ilha de Nipon, atual Japão. [N.T.]

6.

Pretendíamos nos ocupar inteiramente das plantas e, seguindo o provado ordenamento do espírito, começamos o nosso aprimoramento por meio da respiração e da alimentação. Assim como tudo nesta terra, também as plantas querem falar conosco, mas é preciso ter um espírito lúcido para compreender a sua linguagem. Embora em seu germe, floração e fenecimento se oculte uma ilusão a que nenhuma criatura escapa, pode-se bem suspeitar o que se encerra de maneira imutável no relicário da aparência. À arte de assim aguçar a visão, irmão Otho denominava "aspirar o tempo" – se bem que ele julgasse a pura doutrina inalcançável antes da morte.

Depois de nos mudarmos, notamos que o nosso tema, quase contra a nossa vontade, se ampliara. Talvez fosse o ar revigorante do eremitério o que proporcionava uma nova direção ao nosso pensamento, feito a chama que, diante do oxigênio, arde mais tesa e mais clara. Reparei depois de poucas semanas que os objetos haviam se alterado – de início eu senti a mudança como carência, uma vez que a língua não mais me satisfazia.

Certa manhã, enquanto eu contemplava Marina do terraço, as suas águas pareceram-me mais profundas e brilhantes, como se eu, pela primeira vez, as examinasse com um espírito desanuviado. No mesmo instante, percebi de modo quase doloroso que a palavra se desprendia dos fenômenos, assim como se rompe a corda do arco que se distendeu em demasia. Eu vira um pedacinho do véu-de-íris deste mundo e, dessa hora em diante, a minha língua não me prestava mais o serviço costumeiro. Eu vivenciava, porém, um novo despertar. Assim como as crianças que tateiam com as mãos quando a luz de dentro de seus olhos se volta para o exterior, eu procurava palavras e imagens a fim de apreender das coisas o brilho novo que me cegava. Eu jamais imaginara que a fala pudesse causar essa tortura e, contudo, não almejava retornar a uma existência ingênua. Quando imaginamos a possibilidade de um dia voar, o salto desajeitado é mais precioso para nós que o caminho previamente traçado. Daí se explica a sensação de vertigem que, não raro, me assaltava nesse labor.

Ao percorrer caminhos desconhecidos, perdemos facilmente a medida das coisas. Foi uma grande felicidade que irmão Otho me acompanhasse nessa caminhada e, cautelosamente, progredisse comigo. Amiúde, ao descobrir uma palavra, eu descia ao seu encontro, com a pena à mão, e muitas vezes ele subia ao herbário, com a mesma nova. Gostávamos também de criar formas, que chamávamos modelos: escrevíamos numa folhinha, em metros simples, três, quatro frases. Nelas, tratava-se de apanhar um fragmento do mosaico do mundo, como se faz com as pedras que se engastam nos metais. Quanto aos modelos, partíamos das plantas e permanecíamos ligados a elas. Desse modo, descrevíamos as coisas e as transformações – a passagem do grão de areia ao penhasco de mármore e do segundo fugidio à estação do ano. De noite, juntávamos essas folhinhas e, depois de as ler, queimávamo-las na lareira.

Logo, sentíamos como a vida nos estimulava e como éramos tomados por uma nova segurança. A palavra é ao mesmo tempo o rei e o mágico. Partimos do grande exemplo de Lineu, que irrompera no caos do mundo animal e vegetal com o bastão supremo da palavra. O seu domínio sobre os campos floridos e sobre miríades de animais diminutos sobrepuja de modo prodigioso todos os reinos que a espada conquistou.

Seguindo o seu exemplo, estimulava-nos a suposição de que a ordem prevalecia nos elementos, pois o homem, com seu espírito frágil, sente de modo profundo o instinto de imitar a criação, assim como o pássaro conserva o instinto de erigir seu ninho. O nosso esforço era ricamente compensado pelo reconhecimento de que a lei e a medida das coisas se encontram entrelaçadas de modo perene nos acasos e nas desordens deste mundo. Quando nos elevamos, aproximamo-nos do segredo que o pó esconde. A cada passo dado na montanha desaparece do horizonte a amostra fortuita e, quando subimos alto o bastante, o puro anel que nos liga à eternidade nos envolve completamente, onde quer que estejamos.

O que havíamos executado permanecia decerto um trabalho de aprendiz e uma soletração. E, contudo, auferíamos os proventos da alegria, como o faz todo aquele que ultrapassa os limites da vida comezinha. As terras em torno de Marina perdiam o seu efeito ofuscante e se definiam, *more geometrico*,* mais claramente. Os dias seguiam céleres e impetuosos, como o rio que corre após uma alta barragem. Por vezes, quando soprava o oeste, pressentíamos o gozo de uma alegria radiosa.

Acima de tudo, perdíamos um pouco daquele medo que nos constrange e, tal qual a névoa que emerge dos pântanos, confunde

* *More geometrico*: em latim, "de modo geométrico". [N.T.]

os sentidos. Como fora possível que não abandonássemos o trabalho, quando o poder do monteiro-mor passava a crescer na região e o terror se espraiava? Havíamos adquirido a consciência da serenidade: diante de seu brilho, evanesciam os espectros da impostura.

7.

Antigo senhor da Mauritânia, conhecíamos o monteiro-mor de longa data. Nós o havíamos visto muitas vezes em convenções e, em certas noites, nos sentamos com ele para jogar e beber. Ele contava entre as figuras que os mauritanos tomam por grandes senhores e ao mesmo tempo consideram um tanto ridículas – eles se comportavam diante dele como um regimento da cavalaria-de-reserva, sempre a postos para recepcionar o velho coronel que volta e meia retorna de suas propriedades. Ele era inconfundível; já a sua casaca, verde e adornada com folhas de azevinho, chamava a atenção.

Sua fortuna era tida como gigantesca e havia grande fartura nas festas que ele realizava em sua casa na cidade. De acordo com antigos costumes, comia-se e bebia-se prodigamente, e o tampo de carvalho de sua mesa de jogos arqueava sob o peso do ouro. As festas orientais que oferecia a seus seguidores em suas pequenas vilas eram igualmente célebres. Tive, muitas vezes, a oportunidade de examiná-lo de perto, e nessas ocasiões o sopro de um poder antigo me roçava – era algo que vinha de suas florestas e o envolvia de modo sinistro. Naquela época a sua rigidez não chegava a me incomodar, pois todos os mauritanos assumem com o passar do tempo um perfil automático. Esse traço sobressaía antes de tudo no olhar. Especialmente quando ria, vislumbrava-se uma incômoda jovialidade nos olhos do monteiro-mor. Como nos velhos beberrões, seus olhos se inflamavam num traço de vermelhidão, mas, ao mesmo tempo, havia neles uma inabalável expressão de astúcia e de poder – por vezes, de soberania. Naquela época agradava-nos a sua proximidade – vivíamos em estado de grande excitação e sentávamos à mesa dos poderosos do mundo.

Mais tarde, ouvi irmão Otho dizer de nosso tempo na Mauritânia que um equívoco somente se torna erro quando nele se persiste. A sentença parecia-me ainda mais verdadeira ao pensar na situação em que nos encontrávamos quando aquela ordem nos atraiu. Há épocas de declínio, nas quais desaparece a forma que intimamente se delineara para a vida. Quando nos precipitamos nelas, cambaleamos como seres que perdem o equilíbrio. Tombamos do alto de alegrias obscuras e caímos na dor sombria. A consciência da perda, que nos faz reviver, apresenta-nos o futuro e o passado de um modo mais sedutor. Detemo-nos em tempos pretéritos ou em utopias distantes, enquanto o momento presente passa.

Tão logo percebemos essa falha, tratamos de repará-la. Sentíamos falta do presente e da realidade, e chegaríamos ao ponto de nos meter no gelo, no fogo e no éter para nos livrarmos do tédio. Como sempre, quando a dúvida se une ao excesso, voltamo-nos à violência – não será ela o eterno pêndulo que empurra os ponteiros adiante, de dia e de noite? Assim, começamos a sonhar com o poder e com a supremacia, e com as formas que intrepidamente se confrontam na luta mortal da vida, seja para a queda, seja para o triunfo. E nós a examinávamos com prazer, da maneira como se observa a corrosão que um ácido precipita sobre o espelho escuro dos metais polidos. Com tal inclinação tornou-se inevitável que os mauritanos se aproximassem de nós. Fomos iniciados pelo capitão, que havia sufocado o grande levante nas províncias ibéricas.

Aquele que conhece a história das ordens secretas sabe que é difícil estabelecer a sua origem. Da mesma forma sabe-se da fertilidade com a qual elas formam ramos e colônias, de forma que, quando se seguem os seus traços, logo se está perdido num labirinto. Isto se aplica também aos mauritanos. Para um novato era particularmente estranho observar, em seus recintos, os integrantes de grupos que se odiavam mortalmente entretidos em tranqüila conversação. Entre os seus objetivos contava o tratamento artístico dos negócios deste mundo. Eles exigiam que o poder fosse exercido sem paixão e de modo olímpico, e, com efeito, as suas escolas forneciam uma classe de talentos lúcidos, livres e sempre assustadores. Não importando se estavam metidos numa rebelião ou se cuidavam da manutenção da ordem, eles venciam enquanto mauritanos, e a orgulhosa *semper vitrix** dessa ordem não dizia respeito a seus membros, mas à sua cabeça, à doutrina. Em meio à época e à sua marcha desenfreada, ela se mantinha inabalável, e em seus solares e palácios pisava-se em terreno firme.

Não era, contudo, o gozo da tranqüilidade o que nos fazia permanecer ali. Quando o homem perde a segurança, o medo principia a dominá-lo e, cegado pela vertigem, ele caminha à deriva. Entre os mauritanos, porém, reinava a calma absoluta,

* *Semper vitrix*: em latim, "sempre vitoriosa". [N.T.]

tal como ocorre no centro de um ciclone. Quando se cai num precipício, as coisas são vistas com um grau máximo de clareza, como aquela que se obtém por meio de lentes ultrapolidas. O ar da Mauritânia, que era totalmente ruim, propiciava essa visão, mas sem o medo que costuma acompanhá-la. No momento exato em que reinava o terror, avultavam a limpidez do pensamento e o distanciamento espiritual. O bom humor imperava e zombava-se das catástrofes, como o arrendatário de uma casa de jogos o faz em relação às perdas de sua clientela.

Naquela época, vi com clareza que o pânico, cujas sombras sempre repousam sobre as nossas grandes cidades, tem o seu contraponto na ousada petulância dos poucos que, como as águias, pairam sobre o sofrimento atroz. Certa vez, quando bebíamos com o capitão, ele olhou para o seu cálice orvalhado, como se contemplasse um copo no qual se abrissem os tempos pretéritos, e disse absorto em seu devaneio: "Nenhuma taça de champanhe foi mais preciosa do que aquela que trouxeram até as nossas máquinas na noite em que incendiamos Sagunto". E nós pensamos: "Antes cair com este do que viver com aqueles que o medo obriga a rastejar na poeira".

Mas estou divagando. Podia-se aprender com os mauritanos os jogos que alegram o espírito, o qual excedera todos os limites e se enfadara da zombaria. Entre eles o mundo se transformara num mapa, como aqueles que se adornam para o uso de amadores, guarnecidos de pequenos círculos e instrumentos polidos, que eles manipulam com prazer. Causava espécie que esse espaço claro, livre de sombras e altamente abstrato, abrigasse figuras como a do monteiro-mor. Não obstante, quando o espírito independente funda as bases de seu domínio, os autóctones o procuram, como serpentes que rastejam rumo à fogueira.

Eles mantêm uma velha intimidade com o poder e percebem a oportunidade de restabelecer a tirania que vive desde o começo em seu coração. Assim, formam-se nas grandes ordens as galerias e os porões secretos cujo traçado nenhum historiador decifra. E surgem também os sutis combates que se desencadeiam no íntimo do poder – combates entre imagens e pensamentos, entre os ídolos e o espírito.

Em tais contendas logo se percebe a origem da astúcia no mundo. O mesmo se passou comigo quando penetrei nas terras de caça do monteiro-mor, em busca do desaparecido Fortúnio. Naqueles dias, descobri os limites impostos pela arrogância, e evitava ultrapassar os contornos sombrios das matas que o velho denominava a sua "floresta do Teutoburgo", pois ele era acima de tudo um mestre no fingimento de uma honradez envolvente e enganosa.

8.

Ao procurar por Fortúnio, eu havia ultrapassado a borda setentrional dessas florestas – o nosso eremitério ficava perto de sua porção meridional, tangenciando a Borgonha. Quando retornamos, vimos apenas a sombra do que fora Marina. Até então, desde os tempos de Carlos Magno, ela permanecera inalterada, pois se para lá fossem ou de lá partissem senhores estranhos, restava sempre o povo que cultivava as vinhas, com suas leis e costumes. A riqueza e as delícias da terra amainavam o ímpeto de qualquer regimento, mesmo que de início ele fosse muito severo. É esse o modo pelo qual a beleza age sobre o poder.

Mas a guerra de Alta-Plana, que se empreendera como se fosse uma luta contra os turcos, abriu uma ferida profunda. Ela agia como o gelo que corrói o cerne das árvores, cujos efeitos de destruição só se tornam visíveis depois de anos. De início a vida em Marina prosseguira em seu ritmo habitual – era a mesma velha Marina e, ao mesmo tempo, não era. Por vezes, quando estávamos no terraço e contemplávamos a coroa dos jardins floridos, sentíamos um bafejo de secreta fadiga e anarquia. Mas, nesse mesmo instante, comovia-nos a beleza daquela terra a ponto de nos causar dor. Assim, as cores da vida reluzem intensamente antes que o sol se despeça.

Naqueles primeiros tempos mal ouvíamos falar do monteiro-mor. Mas era estranho o modo como ele se aproximava, à medida que a fraqueza aumentava e a realidade evanescia. A princípio ouviam-se apenas rumores, feito uma peste que sombriamente se anuncia enquanto grassa em portos distantes. A seguir espalhavam-se as notícias de abusos e violências próximos, que corriam de boca em boca, e por fim tais fatos passaram a acontecer de maneira aberta e à luz do dia. Assim como nas montanhas a névoa densa anuncia a tempestade, uma nuvem de medo precedia o monteiro-mor. Uma atmosfera de temor o envolvia, e estou certo de que a sua força residia mais nessa aura do que em sua própria pessoa. Ele só poderia agir quando as coisas começassem a vacilar por si mesmas, pois então as suas florestas constituiriam um fácil acesso ao país.

Quando se subia ao alto dos penhascos de mármore, podia-se ver em toda a sua amplitude a região sobre a qual o monteiro-mor estendera o seu poder. Para chegar ao cume, subíamos a estreita escada que se talhara na rocha, junto à cozinha de Lampusa. Os degraus haviam sido desbastados pela chuva e conduziam a uma laje que se projetava adiante, a partir da qual se contemplava a roda do horizonte. Naquele ponto permanecíamos, por vezes, nas horas ensolaradas, quando os penhascos reluziam multicores, pois ali, onde a água de infiltração corroía a pedra na ofuscante rocha branca, tingiam-se rastros de cor vermelha e de um pálido amarelo. A folhagem das heras dependurava-se na forma de portentosos véus, e nas gretas úmidas cintilavam as folhas argênteas da lunária.

Na escalada nossos pés roçavam as gavinhas das amoreiras silvestres e espantavam os lagartos, que corriam para os cumes feito raios verdes. Lá, onde sobressaía uma relva espessa, salpicada de gencianas azuis, incrustavam-se na rocha umas drusas bordeadas por cristais em cujas cavidades corujinhas pestanejavam distraídas. Também ali aninhavam-se os céleres falcões castanhos. Passávamos tão perto de sua ninhada que podíamos ver as fossas nasais dos bicos envoltos por uma delicada película, semelhante a uma cera azul.

No topo o ar era mais refrescante do que no vale, onde as videiras estremeciam em seu fulgor. Por vezes o calor impelia para o alto uma torrente de ventos, a qual se enredava melodiosamente nas gretas, como se passasse pelos tubos de um órgão, e ela trazia consigo o odor de rosas, amêndoas e melissa. Daquele ponto do rochedo, víamos a cobertura do Eremitério das Arrudas bem abaixo de nós. Ao sul, além de Marina, a livre e montanhosa terra de Alta-Plana assomava sob a égide de seu cinturão glacial. Os seus cumes restavam amiúde encobertos pelos vapores que subiam da água, mas o ar logo se tornava novamente tão límpido que podíamos distinguir ao longe os pinheiros que se elevavam em meio a um amontoado de pedras. Nesses dias, sentíamos o *Föhn** e, em casa, durante a noite, o fogo permanecia apagado.

O nosso olhar pousava com freqüência nas ilhas de Marina, que nós jocosamente denominávamos as Hespérides,** e cujas margens eram sombreadas por ciprestes. Mesmo no inverno mais rigoroso não se sabe por lá o que sejam a geada e a neve. Os figos e as laranjas amadurecem a céu aberto, as rosas desabrocham o ano inteiro. Na época do florescimento da amêndoa e do

* *Föhn*: vento quente e seco das montanhas. [N.T.]

** Hespérides: ninfas que viviam nas margens do Oceano, as águas que volteavam o mundo da mitologia grega. [N.T.]

damasco o povo de Marina costuma ir remando até as ilhas, que nessa época do ano se assemelham a claras pétalas de flor dispersas na maré azul. No outono tomam-se os barcos para se apreciar o *saint-pierre*, que, em determinadas noites de lua cheia, emerge das profundezas para a superfície e cai em abundância nas redes. Os pescadores cuidam segui-lo em silêncio, pois acreditam que até mesmo o ruído mais suave pode espantá-lo, sobrevindo assim uma maldição que pode arruinar a sua captura. Nessas expedições em busca do *saint-pierre* reinava grande alegria, e a gente provia-se de pão e vinho, pois nas ilhas não medram as vides. Elas carecem das frescas noites outonais, nas quais o orvalho cai sobre os frutos, de modo que, por meio do pressentimento do declínio, o seu fogo interior se reanima.

Era preciso observar Marina nesses dias de festa para compreender o significado da vida. De manhã cedo um burburinho ruidoso chegava até nós – de modo nítido e claro, como as coisas que se vêem pelo avesso de uma luneta. Ouvíamos os sinos das cidadezinhas e os canhões que saudavam nos portos embarcações adornadas de guirlandas, bem como o cântico dos grupos de devotos a peregrinar rumo às imagens milagrosas e o som das flautas à frente de um cortejo nupcial. Ouvíamos ainda o alarido das gralhas ao redor dos cata-ventos, o canto do galo, o grito do cuco e o soar das cornetas que os monteiros sopravam ao atravessar os portões da cidade, quando saíam à caça da garça. Tudo surgia de um modo tão extraordinário, tão excêntrico, que o mundo parecia se constituir de uma pândega anarquia de cores – e aquilo se tornava tão inebriante como o vinho que se bebe pela manhã.

Num plano mais baixo, uma coroa de cidadezinhas, com muros e torres dos tempos romanos, margeava Marina, dominada por velhas catedrais enegrecidas pelo tempo e por castelos merovíngios. Entre ambas as partes, jaziam ricos povoados, onde bandos de pombas circundavam as cumeeiras dos telhados, e havia moinhos esverdeados pelo musgo, em cujo caminho, no outono, observava-se o trotar dos burros carregados de sacos de malte. E viam-se castelos aninhados no alto dos rochedos, e mosteiros. Nestes, tanques com carpas envolviam as suas escuras muralhas, refletindo a luz feito um espelho.

Quando contemplávamos as herdades de uma posição elevada e víamos o modo como o homem as formara, para obter proteção, prazer, sustento e religião, os tempos se fundiam intimamente diante de nossos olhos. E os mortos surgiam invisíveis, como se abandonassem tumbas que se abriam. Eles estão sempre perto de nós, quando o nosso olhar amoroso pousa sobre a terra longamente cultivada. E, do mesmo modo como a herança dos antepassados vive nas pedras e nos sulcos abertos pelo arado, o seu fiel espírito governa os campos e os pastos.

Às nossas costas, ao norte, divisava-se a Campanha; os penhascos de mármore separavam-na de Marina como uma muralha. Na primavera o seu cinturão verde estendia-se como um sublime tapete de flores, no qual rebanhos de bois pastavam vagarosos, como se nadassem numa espuma variegada. Ao meio-dia eles repousavam nas sombras frescas dos amieiros e dos choupos, que formavam frondosas ilhas em meio à extensa planície, da qual era comum ver subir a fumaça das fogueiras dos pastores. Lá espraiavam-se as grandes herdades, com estábulos, celeiros e os altos balancins das fontes que abasteciam de água os bebedouros.

O verão era muito quente e úmido, e no outono, à época do acasalamento das serpentes, a região se tornava uma estepe deserta, solitária e queimada. Em sua outra extremidade ela se convertia num pântano em cuja espessura selvagem já não se percebia nenhum sinal de ocupação humana. Apenas toscas cabanas de junco, como as que se constroem para a caça ao pato, despontavam aqui e ali à beira das escuras águas pantanosas, e nos amieiros havia posições camufladas como ninhos de gralha. Ali já dominava o monteiro-mor e logo adiante o terreno em que a floresta se assentava passava a se elevar. De suas bordas projetavam-se nos pastos matas semelhantes a foices alongadas, que o povo chamava de "Os Cornos".

Estes eram os domínios que se avistavam em torno dos penhascos de mármore. Víamos, a partir de seus cimos, a vida que, cultivada e enraizada num solo antigo, evoluía como a videira e dava os seus frutos. Víamos igualmente os seus limites: as montanhas habitadas por povos bárbaros, nas quais reinava uma grande, ainda que incompleta, liberdade. Ao norte, observávamos os pântanos e as terras escuras, de onde partia a ameaça de uma tirania sanguinária.

Quando estávamos no alto dos penhascos, era freqüente que pensássemos na quantidade de coisas que tinham de acontecer antes que o grão fosse colhido e o pão assado, e antes que o espírito pudesse abrir as suas asas em segurança.

9.

Nos bons tempos não se dava muita atenção às contendas que sempre houvera na Campanha. E com razão, pois esse tipo de coisa sempre se repete onde quer que haja pastos e pastores. A cada primavera havia desavenças em torno do gado ainda não marcado, e luta pelas reservas de água assim que se iniciava o estio. Os grandes touros, que traziam argolas no focinho e inspiravam sonhos inquietantes às mulheres de Marina, arremetiam contra outros rebanhos e os perseguiam até os penhascos de mármore, em cujo pé restavam chifres e carcaças alvejando ao sol.

A casta dos pastores era, acima de tudo, indômita e selvagem. O seu *status* era transmitido de pai para filho, e quando eles formavam um círculo esfarrapado ao redor do fogo, portando suas armas, da maneira como a natureza os vira crescer, via-se logo o quanto se distinguiam do povo que cultivava os vinhedos. Viviam como nos tempos em que se desconhecia o que fossem casa, arado ou tear, e nos quais se erigia um teto provisório, conforme o passo dos rebanhos. A essa casta correspondiam determinados costumes e um sentimento bruto de justiça e eqüidade, inteiramente talhado pela vingança. Assim, cada morte violenta inflamava um prolongado desejo de desforra, e havia entre clãs e famílias disputas cuja origem já se perdera no tempo, mas que ano após ano exigiam o seu tributo de sangue. "Casos da Campanha" – assim os juristas de Marina costumavam se referir às questões grosseiras e disparatadas que lhes eram apresentadas. Eles não chamavam os pastores ao foro, preferindo enviar comissários à região. Em outras freguesias os arrendatários dos magnatas e dos suseranos assumiam a judicatura. Havia ainda pastores livres, gente de grandes posses, como os Batak e os Belovar.

Na convivência com o povo rude aprendia-se também a conhecer o bem que lhe era imanente, sobretudo a hospitalidade que se oferecia àquele que se assentava ao redor de seu fogo. Não era raro que se visse gente da cidade na roda dos pastores, pois a todos que se vissem na contingência de deixar Marina a Campanha oferecia um primeiro refúgio. Ali encontravam-se devedores ameaçados de prisão e estudantes que, metidos em bebedeira, gozavam a oportunidade de um brinde excepcional na companhia de monges fugitivos e malfeitores errantes. Jovens que aspiravam à liberdade e casais que queriam viver como os pastores no campo procuravam a Campanha.

Em Marina há muito se tecera uma rede de segredos que ultrapassava os limites da ordem estabelecida. A proximidade da Campanha, onde o direito era menos estruturado, favorecia aqueles cuja causa se tornara irremediável. A maioria dos refugiados retornava depois que o tempo e bons amigos houvessem trabalhado em seu favor; outros desapareciam nas florestas para sempre. Depois da guerra de Alta-Plana, porém, aquilo que integrava a ordem costumeira tomou um rumo sinistro. Assim, a ruína penetra o corpo exausto através de feridas que o homem sadio mal pode notar.

Os primeiros sinais passam despercebidos. Quando cresceram os rumores de tumulto na Campanha, parecia que se acentuavam as velhas intrigas de sangue, mas logo se percebeu que traços novos e inusitados tornavam-nas mais sombrias. Perdia-se o núcleo daquela honra bruta que amainava a violência, restava a atrocidade pura. Tinha-se a impressão de que espiões e agentes oriundos das florestas infiltravam-se nas confederações de clãs para assenhorear-se de posições, trabalhando a serviço de interesses estrangeiros. Desse modo, as velhas estruturas perdiam o seu sentido. Não era novidade que se encontrasse numa encruzilhada um cadáver com a língua lacerada pelo punhal. Nesse caso tratava-se certamente de um traidor que caíra nas mãos de seus vingadores. Ainda depois da guerra de Alta-Plana podia-se deparar com mortos que traziam essa marca. Doravante, porém, todos sabiam que se tratava de uma vítima da pura maldade.

Do mesmo modo as ligas sempre haviam elevado o valor dos tributos, mas os suseranos pagavam-nos de bom grado, considerando-os uma espécie de prêmio pelo bom estado em que se encontrava o gado nos pastos. Agora, porém, as exigências cresciam de modo insuportável, e quando o arrendatário via a carta de extorsão reluzir à sua porta, sabia que se tratava de pagar ou deixar o país. Decerto houvera quem considerasse a resistência, mas nesse caso a situação degenerava em pilhagem, a qual, visivelmente, ocorria de modo inteiramente premeditado.

Uma corja liderada por gente das florestas surgia diante das fazendas e quando se lhe negava a entrada, arrebentava as fechaduras com violência. Esses bandos eram chamados de vermes-de-fogo, pois arremetiam contra os portões munidos de cepos, sobre os quais ardiam pequenos lumes. Havia ainda uma outra explicação para o nome: depois de lograr o assalto, eles ameaçavam as pessoas com fogo a fim de saber onde se escondia a prata da casa. Em todo caso, deles se contavam as coisas mais vis e mais baixas de que é capaz o homem. Para promover o terror, acondicionavam os corpos da gente assassinada em caixas e barris, e essa carga funesta era enviada junto com os carregamentos que vinham da Campanha até a casa de suas famílias.

Ameaça ainda maior oferecia a circunstância de que não se obtinha qualquer reparação para todas essas ações, as quais agitavam o país e clamavam por justiça. De fato, já não se ousava falar abertamente sobre elas, e se escancarava a debilidade do direito frente à anarquia. Logo que se iniciaram os saques, comissários escoltados por soldados foram enviados à região, mas eles encontraram a Campanha em estado de aberta conflagração, de modo que não houvera negociações. Para se intervir de modo incisivo, exigia a lei que se convocasse o parlamento, pois em países de história legalista, como era o caso de Marina, não se abandona sem mais o caminho da justiça.

Naquela ocasião viu-se que certa gente da Campanha já se fazia representar em Marina, pois os cidadãos que haviam retornado mantinham uma clientela de pastores e também se tornavam membros dos clãs por meio do pacto de sangue. Essas ligas de clãs aderiam, agora, à voga da maldade, especialmente ali onde a ordem já esmorecia.

Assim, prosperavam advogados que sustentavam a injustiça perante os tribunais, e as ligas reuniam-se às claras nas tabernas do porto. Às suas mesas podia-se ver a mesma cena que se presenciava ao pé das fogueiras no campo – ali se acocoravam velhos pastores, com as pernas envoltas pelo couro rude, ao lado de oficiais que desde Alta-Plana viviam a meio-soldo. De ambos os lados dos penhascos chegavam uns tipos descontentes e ávidos por mudanças. Vinham aqui para beber, entrando e saindo aos bandos, numa movimentação que lembrava um quartel sinistro.

Certos de que chegara a hora de uma nova liberdade, filhos de notáveis e outros jovens tomavam parte dessas ações, o que só fazia aumentar a confusão reinante. Eles se reuniam em torno de literatos que começavam a imitar as canções dos pastores e já não trajavam roupas de lã ou de linho, mas participavam dos cortejos vestidos de couro e portando porretes.

Tornou-se corriqueiro nesses círculos o desprezo pelo cultivo da vinha e dos grãos, bem como o fato de se considerar a selvagem terra dos pastores a legítima depositária de costumes ancestrais. Apesar disso são conhecidas as idéias um tanto esfumadas que encantam os entusiastas, e teria sido possível rir-se delas, não se tivesse essa situação degenerado em sacrilégio, o que era absolutamente incompreensível àquele que não perdera a razão.

10.

Na Campanha, onde as trilhas dos pastos cruzam os limites das comarcas, viam-se freqüentemente os pequenos deuses dos pastores. Guardiões das províncias, eles eram rudemente talhados na pedra ou no lenho do carvalho, e de longe era possível distingui-los pelo cheiro rançoso que exalavam. A oferenda ali deixada consistia de porções ferventes de manteiga e da gordura que a faca do sacrifício pusera de lado. Por essa razão, viam-se sempre ao redor das imagens dos deuses as escuras marcas deixadas pelo fogo em meio ao campo verdejante. Depois de consagrar a dádiva, os pastores tiravam das esculturas uma pequena haste carbonizada com a qual, durante a noite do solstício, eles desenhavam o corpo de tudo o que se encontrasse prenhe, fosse rês ou mulher.

Nessas cercanias, quando passávamos pelas moças que vinham da ordenha, elas cobriam o rosto com o lenço da cabeça. Irmão Otho, amigo e conhecedor dos deuses da lavoura, jamais seguia adiante sem lhes dedicar uma troça; atribuía-lhes idade provecta e chamava-as companheiras de Júpiter – dos tempos da infância do deus.

Havia também, perto do Corno do Carrasco, um bosque de salgueiros, no qual se encontrava a imagem de um touro de língua, ventas e membro vermelhos. O lugar tinha má reputação e se associava a notícias de festas macabras.

Quem pudera imaginar que se começaria a reverenciar em Marina os deuses da banha e da manteiga, responsáveis por encher o úbere das vacas? E isto acontecia nas casas que há muito desprezavam o sacrifício e o holocausto. Os mesmos espíritos que se haviam considerado fortes o bastante para romper os vínculos de crenças ancestrais, eram subjugados agora pelo fascínio de ídolos bárbaros. A imagem que ofereciam de seu deslumbramento era mais repulsiva que a embriaguez contemplada ao meio-dia. Enquanto consideravam a possibilidade de voar, e disso se vangloriavam, revolviam-se na poeira.

O fato de a confusão atingir a reverência aos mortos constituía também um sinal de mau agouro. A posição do poeta fora sempre celebrada em Marina. Os poetas eram tidos por livres dispenseiros de bens, e o dom de versejar era considerado a fonte da abundância. Que a vinha florescesse e desse os seus frutos, que o homem e os animais prosperassem, que os maus ventos se dispersassem e a paz habitasse os corações: tudo isso era atribuído à harmonia que vive nos cânticos e canções. Mesmo o menor dos viticultores estava certo disso, e não menos certo estava de que a harmonia musical abrigava o poder da cura.

Ninguém era tão pobre ali que deixasse de levar às cabanas dos pensadores e aos eremitérios dos poetas as primícias de seus pomares. Lá, todo aquele que se sentisse vocacionado a servir espiritualmente o mundo podia viver no ócio – na pobreza, certamente, mas não na miséria. Para aqueles que cultivavam as lavouras ou que lavravam as palavras, a velha sentença valia como exemplo: "As melhores coisas os deuses nos dão de graça."

É sinal de bons tempos que a força do espírito opere de modo presente e visível. Isso valia também aqui – na passagem das estações, no culto aos deuses e na vida dos homens não havia dia festivo sem que houvesse poesia. Nas exéquias, depois de se encomendar o corpo, reservava-se ao poeta o papel de juiz dos mortos. Cabia-lhe atrair o olhar dos deuses sobre a vida que se extinguia e cantá-la em versos, assim como o mergulhador retira a pérola de sua concha.

Desde sempre houvera duas espécies de honras fúnebres, das quais o *elegeion* era a mais usual. O *elegeion* era considerado uma dádiva que convinha à vida legitimamente repartida entre amarguras e alegrias, tal como ela é destinada a nós, os homens. O seu tom assemelhava-se a um lamento, dotado, porém, da plena confiança que provê consolo ao coração contrito.

Havia ainda o *eburnum*, reservado na antiguidade aos matadores dos monstros que, antes do homem, habitavam os pântanos e os desfiladeiros. O *erburnum* clássico devia ser conduzido num tom de augusta e sublime jovialidade e terminar em atitude de *admiratio*,* durante a qual uma águia negra se libertava de uma gaiola partida e ascendia aos céus. À medida que os tempos se tornaram mais amenos, passou-se a conceder a honra do *erburnum* também àqueles que se denominavam os próceres ou *optimates*. O povo sempre soubera quem pertencia a esse grupo, posto que as imagens ancestrais se alterassem com o refinamento da vida.

Agora, pela primeira vez, havia desentendimentos quanto à fala dos juízes dos mortos. Com as ligas, chegavam às cidades

* *Admiratio*: em latim, "admiração". [N.T.]

as disputas de sangue oriundas da Campanha. O ódio crescia de modo extraordinário, como uma peste que atinge uma terra ainda incólume, e à noite, caía-se sobre alguém, com armas do tipo mais torpe, sem que outro motivo houvesse além da morte de um Wenzel por um Jegor ocorrida há uma centena de anos. Mas o que são motivos, quando a cegueira nos domina? Logo já não se passava uma noite sem que a guarda encontrasse gente morta nas ruas e nas casas, e alguns corpos apresentavam ferimentos indignos da espada – a fúria cega não se contentava com os corpos caídos e os despedaçava.

Nessas refregas, que conduziam à perseguição, à cilada e ao incêndio criminoso, as partes perdiam todo e qualquer senso de medida. Em pouco tempo tinha-se a impressão de que não se enxergava no outro um semelhante, e a linguagem empregada era aquela que, de outro modo, se endereça ao parasita que deve ser extirpado, eliminado e desinfetado. O assassínio somente era reconhecido como tal quando perpetrado pelo partido adversário, e o que se tomava por honroso em suas próprias hostes era considerado vil na casa do inimigo. Enquanto não se admitia que os outros mortos fossem enterrados sequer furtivamente, à noite e às escuras, os de sua própria gente haviam de ser envoltos pela mortalha púrpura; o *eburnum* havia de soar e a águia, alçar o seu vôo, levando aos deuses a imagem viva de um herói e visionário.

Decerto, nenhum dos grandes cantores dispunha-se a tomar parte dessa profanação, mesmo que se lhes oferecesse uma carrada de ouro. Buscavam-se então os harpistas que animam a dança nas quermesses e os cegos tocadores de cítara que alegram, diante dos triclínios, os embriagados fregueses dos bordéis com canções sobre a Concha de Vênus ou o Hércules Glutão. Assim, o guerreiro e o bardo tornavam-se dignos um do outro.

Sabe-se, todavia, que não se pode corromper o metro. Os fogos da destruição não atingem os seus pórticos e colunas invisíveis. Nenhuma vontade logra penetrar em seu tom melodioso – este era o caso dos fraudadores que acabavam por enganar a si mesmos, imaginando serem passíveis de venda as dádivas sacrificiais próprias do *eburnum*. Presenciamos apenas as primeiras dessas cerimônias fúnebres e vimos acontecer o que delas esperávamos. O mercenário, que devia transpor o arco do poema, lugar de fina matéria combustível, começava imediatamente a gaguejar e perdia o rumo. Em seguida, readquiria a fluência na fala, entregando-se aos iambos vulgares do ódio e da vingança, e a sua língua peçonhenta fremia na poeira. Nessas encenações, víamos a multidão vestindo os solenes trajes vermelhos do *eburnum*, além dos magistrados e do clero devidamente paramentados. Até então observara-se em silêncio a ascensão da águia; doravante irrompia-se num júbilo selvagem.

Ao ouvir essa música, éramos tomados de tristeza, e conosco alguns outros, pois sentíamos que o bom espírito dos antepassados se retirava de Marina.

11.

Havia diversos sinais que expressavam a decadência. Eles se assemelhavam à erupção que surge, desaparece e logo retorna. Entrementes, ocorriam também dias felizes, nos quais tudo parecia estar como dantes.

Era justo neste ponto que residia o golpe de mestre do monteiro-mor: ele administrava o medo em pequenas doses, aumentando-as paulatinamente a fim de dobrar a resistência. O papel que ele desempenhava nesses entreveros, urdidos com precisão em suas florestas, era o do poder disciplinador, pois enquanto o baixo escalão de seus agentes, assentados nas ligas dos pastores, multiplicavam as sementes da anarquia, os iniciados se infiltravam nas repartições e na magistratura, chegando mesmo aos mosteiros, onde eram tidos por espíritos fortes que iriam subjugar a plebe. O monteiro-mor assemelhava-se ao médico perverso, que primeiro inflige o sofrimento para em seguida efetuar os cortes que tem em mente.

Havia entre os magistrados aqueles que percebiam claramente o sentido do jogo, mas faltava-lhes o poder de barrá-lo. Em Marina sempre houvera a manutenção de uma tropa mercenária estrangeira, e, enquanto as coisas permaneceram em ordem, o seu emprego satisfazia as expectativas. Uma vez que as desavenças agora chegavam até as costas do país, cada um procurava atrair os mercenários para o seu próprio lado, e Biedenhorn, o seu líder, tornou-se subitamente deveras importante. Não lhe interessava agir para alterar uma situação que se lhe afigurava tão favorável. Começou a fazer-se difícil e segurava as tropas como o dinheiro que se põe a juros. Ele se havia entrincheirado com elas no torreão de uma fortaleza e lá vivia feito o camundongo metido no toucinho. Assim, ele dispôs uma sala no subterrâneo da grande torre, onde podia se assentar e beber confortavelmente. Na vidraça colorida do arco da janela via-se o seu brasão com dois cornos e a máxima: "Bem-vindo seja./ Eis a cerveja!"

Ele habitava esse retiro, cheio daquela jovial astúcia setentrional que é facilmente subestimada, e ouvia com bem encenada preocupação os que vinham prestar queixas. Enquanto bebia, exaltava as virtudes do direito e da ordem, mas jamais foi visto a tomar qualquer providência. Ao mesmo tempo, negociava não apenas com as ligas dos clãs, mas também com os capitães do monteiro-mor, os quais, à custa de Marina, ele servia prodigamente. Em conluio com esses capitães da floresta ele impunha às comunas um jogo pernicioso. Dizendo-se necessitado de ajuda, entregava a eles e à canalha das matas a vigilância das áreas rurais. Com isso o terror passou a imperar, vestindo a máscara da ordem.

Os contingentes que estavam à disposição dos capitães eram inicialmente pequenos e vinham trazidos ao campo de modo isolado, como milícia local. Isso ocorria sobretudo em relação aos caçadores, que víamos com freqüência rondar o eremitério e, infelizmente, a merendar na cozinha de Lampusa. Era a canalha da floresta, tal qual os livros a descrevem: pequena, com os olhos postos a pestanejar, de barbas escuras nas faces carcomidas, falando uma gíria que se apropriara do que havia de pior em todas as bocas reunidas e que parecia brotar da lama infecta.

Muniam-se de armas pequenas, armadilhas de laço, fios e punhais curvos que eles denominavam arranca-sangue. Em sua maior parte cercavam-se de pequenos animais e perseguiam os grandes lagartos nas escadas dos penhascos de mármore, fisgando-os com o velho ardil de umedecer com saliva uma delicada armadilha de laço. Os belos répteis, constelados de verde-amarelo e de um branco fulgurante, muitas vezes nos alegraram a vista, especialmente quando os víamos na folhagem das amoreiras silvestres, que no outono recobrem os penhascos como um arabesco. Sua pele era cobiçada pelas cortesãs estrangeiras, que o velho tolerava em suas herdades, e os dândis e janotas usavam na confecção de cintos e estojos. Desse modo esses seres maravilhosos eram impiedosamente perseguidos, e se lhes infligiam crueldades sem conta. Seus algozes sequer se davam ao trabalho de matá-los. Antes, arrancavam-lhes ainda vivos a pele, e deixavam-nos correr como brancos fantasmas e cair aos pés dos penhascos, onde experimentavam uma morte atroz. É profundo o ódio que arde no coração do vil ao deparar o belo.

Tais simulacros ignóbeis de caçador serviam apenas de pretexto para que se espionassem casas e fazendas, a fim de verificar onde podia haver ainda um resto de liberdade. Repetiam-se então as cenas de banditismo, que já eram conhecidas na Campanha, e os moradores eram levados em meio à neblina e sob o manto da noite. Nenhum deles voltava, e o que o povo sussurrava a respeito de seu destino lembrava os cadáveres dos lagartos que encontrávamos esfolados nos penhascos, o que nos inundava o coração de tristeza.

Surgiam então os monteiros, que muitas vezes eram vistos a realizar seu trabalho nas encostas dos vinhedos e nas colinas. Davam a impressão de mensurar a terra novamente, pois faziam covas no chão e erigiam postes com sinais rúnicos e símbolos animalistas. O modo como se movimentavam no campo e nas searas provocava ainda mais constrangimento que os caçadores comuns, pois percorriam o terreno arado como se fosse uma terra pagã e não respeitavam passagens ou divisas. Também não reverenciavam as imagens sacras com a devida saudação. Eram vistos a atravessar a terra como se ela fosse um sertão inculto e desgraçado.

Tais sinais indicavam o que se podia esperar do velho, o qual espreitava das profundezas de suas florestas. Ele abominava o arado, o grão, a vide e os animais domésticos, e repugnava a casa bem iluminada e a vida ao ar livre. Dele não se podia esperar, portanto, que quisesse gerir toda essa riqueza. Só era capaz de se entusiasmar se na ruína das cidades medrassem o musgo e a hera, e se na abóbada fendida das catedrais voasse o morcego sob a luz da lua. As últimas de suas grandes árvores haveriam de banhar as suas raízes nas margens de Marina, e em suas copas encontrar-se-iam a garça branca e a cegonha-preta, a qual, ao se abater o carvalho, voa para o pântano. Com suas presas, os javalis revolveriam a terra escura dos vinhedos, e no lago dos mosteiros os castores nadariam em círculos, quando, ao escurecer, trilhando sendas escondidas, os animais selvagens viessem em grandes bandos beber suas águas. Ao iniciar-se o ano, as galinholas iriam perambular nessas margens, onde as árvores não deitam raízes, e mais tarde, no outono, os melros viriam buscar as bagas vermelhas.

12.

O monteiro-mor não apreciava as fazendas, nem os retiros de poetas, nem qualquer lugar que abrigasse o pensamento. O que havia de melhor em seus territórios era um punhado de homens rudes cuja alegria de viver residia na perseguição e na caça. Todos eles, do pai ao filho, mantinham-se absolutamente fiéis ao velho. Eles eram os monteiros, enquanto os caçadores comuns, que víamos em Marina, provinham de estranhas vilas que o velho abrigava no fundo dos pinheirais.

Fortúnio, que conhecia bem o império comandado pelo velho, contara-me que eles eram moradores de casebres enegrecidos pelo tempo – as paredes feitas de barro e palha de junco, a parte mais alta do frontão coberta pelo musgo descorado. Uma súcia sombria vivia ali, como os pássaros que habitam o oco de um álamo. Esse povo era nômade, mas sempre restava em suas casas e covis um ramo de sua raça, assim como no pote de pimenta se conserva uma última camada de grãos, de modo a lhe preservar o aroma.

Nessas zonas de floresta, refugiavam-se aqueles que, em tempos de guerra ou de tumulto, logravam escapar à destruição: hunos, tártaros, ciganos, cátaros e hereges de toda sorte. Associavam-se a estes os que se livravam das mãos de algozes ou de tribunais militares: os grandes bandos de salteadores da Polônia e do Baixo Reno, e mulheres cujo único trabalho era o de conduzir um homem a seu leito, as quais o beleguim enxotava dos portões da cidade.

Aqui os magos e os feiticeiros que se esquivavam da fogueira estabeleciam as suas oficinas maléficas. E para os iniciados, venezianos e alquimistas, essas vilas desconhecidas contavam entre os refúgios da magia negra. Vi nas mãos de Fortúnio um manuscrito do Rabi Nilüfer, que, expulso de Esmirna, em suas peregrinações se hospedara também nas florestas. Percebia-se a partir de seus escritos que a história do mundo se espelhava aqui como se o fizesse em turvos lamaçais – charcos em cujas bordas os ratos se aninham. Aqui se encontrava a chave para alguns dos obscuros meandros dessa história. Conta-se que mestre Villon, após ter sido expulso de Pérouard, tivera guarida numa dessas casas nos pinheirais, onde se fixara a residência de inúmeras guildas obscuras, como a dos Coquillards. Elas se transferiram depois para a Borgonha, mas aquele lugar sempre lhes proporcionou um refúgio seguro.

O ventre dessas florestas devolvia ao mundo, com juros e dividendos, tudo aquilo que um dia nelas mergulhara. Delas provinham sobretudo aqueles vis caçadores que se oferecem para a eliminação de parasitas, nas casas e no campo. Nilüfer pensava que este era o lugar em que o flautista de Hamelin desapareceu, junto com as crianças. As brigas e os roubos acompanhavam esses bandos em sua rota para dentro e para fora do país. Dessas florestas também vinham impostores ardilosos, que surgiam com carros e criadagem e que podiam ser vistos nas cortes principescas. Dali fluía uma escura corrente de sangue para correr os canais do mundo. Onde quer que ocorresse o crime e medrasse a obra da inveja, uma dessas guildas perniciosas estava implicada, bem como se fazia presente na dança sobre o patíbulo, onde o vento conduzia os passos dos desgraçados.

Para toda essa gente o velho era o grande chefe a quem beijavam a bainha do casaco vermelho de caça, ou o cano da bota quando estava a cavalo. Ele, por sua vez, agia a seu bel-prazer, mandando por vezes amarrar um punhado deles às árvores, como um bando de tordos, se porventura pareciam procriar em demasia. Caso contrário, podiam morar e se regalar em seus domínios.

Como patrono da terra dos migrantes, o velho gozava também no resto do mundo de um poder considerável e oculto que se alastrava. Onde quer que a ordem constituída apresentasse sinais de fraqueza, surgiam os seus rebentos como uma colônia de cogumelos. Eles urdiam a sua trama e agiam ali onde os servos não mais obedeciam à ordenação hereditária; onde, em plena tempestade, os marinheiros se amotinavam e, na iminência da batalha, o rei era abandonado à própria sorte.

O monteiro-mor era bem servido desses contingentes. Quando recebia os mauritanos em sua casa na cidade, era atendido por numerosa criadagem – caçadores metidos em verdes librés, lacaios de fraque vermelho e escarpins pretos, servidores domésticos e amigos íntimos de toda sorte. Sentia-se, nessas festas, um pouco do conforto que o velho apreciava em suas florestas. O átrio amplo apresentava-se aquecido e radiante – não como se estivesse iluminado pela luz do sol, mas pelo fogo e pelo ouro que brilha nas cavernas.

Assim como no caldeirão dos alquimistas o diamante brilha em meio à incandescência do reles carvão, os antros da floresta geravam mulheres de extraordinária beleza. Como tudo naquelas matas, elas eram propriedade do velho, e em suas viagens a sua comitiva trazia liteiras. Quando convidava os jovens mauritanos às suas pequenas propriedades fora dos muros da cidade e estava de bom humor, ele exibia as suas odaliscas, bem como os demais tesouros da casa. Mandava chamá-las à sala de bilhar, onde os convidados se reuniam após se servirem de uma lauta refeição e de vinho quente, e dispunha as bolas para o jogo. Viam-se então os seus corpos descobertos, curvados sobre o forro verde e iluminados pela luz avermelhada das chamas, contorcendo-se lentamente e assumindo as mais diversas poses exigidas pelo jogo. A esse respeito, falava-se de coisas ainda mais rudes, que se passavam nas florestas, quando, depois de uma longa caçada à raposa, ao alce e ao urso, o velho bebia num eirado guarnecido de armas e cornaduras, e expedia suas ordens sentado numa proeminente cadeira, sob a qual restavam os despojos ensangüentados.

Por outro lado, essas mulheres desempenhavam o papel de iscas muito especiais, sempre que ele se envolvia em qualquer negócio. Aquele que se aproximasse dessas flores enganosas que brotavam do pântano submetia-se ao feitiço que governa a vilania. No tempo em que estivemos na Mauritânia, tivemos ocasião de ver arruinar-se aquele que tivera diante de si um destino glorioso – pois o primeiro a se enredar nessas intrigas é justamente o espírito mais elevado.

Esse era o tipo de gente que haveria de ocupar a região quando o velho se tornasse o senhor absoluto de Marina, assim como a figueira-do-diabo, a papoula e o meimendro tomam o lugar das frutas nobres quando os pomares são assolados pelo inimigo. Em lugar do dispensador do pão e do vinho, elevar-se-iam deuses estranhos sobre os pedestais, como a Diana que nos pântanos degenerara numa fertilidade selvagem, exibindo seios dourados nos cachos racemosos, e como as imagens horripilantes que, por meio de garras, chifres e presas, infligem o terror e exigem sacrifícios indignos do homem.

13.

Assim se apresentava a situação, sete anos depois da campanha de Alta-Plana, à qual atribuíamos a desgraça que se abatera sobre o nosso país. Junto aos cavaleiros purpúreos, participamos do massacre nos desfiladeiros, mas tão-somente para cumprir nossas obrigações de vassalos, e nessa posição cabia-nos pelejar e não questionar a justiça ou a injustiça do pleito. Somos mais senhores de nossos braços que de nossos corações e, desse modo, vivemos em meio àqueles povos que haviam defendido sua antiga liberdade contra a prepotência e vislumbramos na vitória deles algo mais que o êxito das armas.

Em Alta-Plana, além disso, éramos recebidos com generosa hospitalidade, pois, diante dos desfiladeiros, o jovem Ansgar, filho do senhor das pastagens de Bodan, caíra em nossas mãos e trocara presentes conosco. Do terraço do eremitério, avistávamos esses pastos elevados como uma campina azul que se escondia em meio a um exército de picos nevados, e o pensamento de que aquela herdade entremontes nos acolheria fraternalmente e a qualquer momento, fazia com que nos sentíssemos seguros.

De volta à terra natal, localizada no setentrião distante, restituímos as armas ao paiol. Ansiávamos por uma vida livre de violências e recordamos nossos antigos estudos. Havíamo-nos apresentado aos mauritanos para uma honrosa despedida e, ao receber uma fita negro-rubro-negra, obtivemos nossa dispensa. Não nos teriam faltado coragem ou discernimento para alcançar as mais altas posições naquela ordem, mas éramos incapazes de olhar com desprezo a gente fraca e anônima, como se fazia na tribuna senatorial ao se contemplar a arena. Que fazer, entretanto, se os fracos ignoram a lei e em sua cegueira põem-se a abrir com as próprias mãos o ferrolho que se trancara com vistas à sua proteção? Mas não podíamos censurar de todo os mauritanos, pois a justiça e a injustiça encontravam-se agora profundamente entrelaçadas. Os espíritos mais fortes oscilavam, e o tempo estava maduro para os que se dispunham a abominações. As disposições humanas assemelham-se à ordenação cósmica no sentido em que, para poder renascer, de tempos em tempos elas se atiram ao fogo.

Agimos bem, portanto, ao nos afastarmos da luta que não trazia glória alguma, retornando em paz a Marina, para que em suas praias reluzentes nos dedicássemos às flores, cujos signos fugidios e variegados acolhem o eterno como uma secreta ideografia; flores que se assemelham aos relógios nos quais sempre se lê a hora exata.

Mal se tinham arrumado a casa e o jardim, e o trabalho progredido a ponto de apresentar seus primeiros frutos, e já surgiam sinais de incêndios criminosos na região da Campanha fronteiriça aos penhascos de mármore. Quando os tumultos atingiram Marina, tivemos de buscar notícias para que tomássemos conhecimento do caráter e da dimensão da ameaça.

Na Campanha, conhecíamos o velho Belovar, que, por graça, denominávamos o Arnauta,* e que se encontrava com freqüência na cozinha de Lampusa. Trazia ervas e raízes raras, que suas mulheres arrancavam das terras férteis das pastagens e que Lampusa punha a secar para o preparo de suas beberagens e poções. Por essa razão, ficamos amigos, e em sua companhia, sentados no banco defronte à cozinha, tivemos ocasião de esvaziar muitos jarros de vinho. Ele dispunha de uma memória extraordinária em relação aos termos que o povo usa para designar as flores, para os quais há um sem-número de variações. Nós o ouvíamos com prazer, a fim de enriquecer a nossa sinonímia. Ele conhecia ainda os sítios de espécies raras, como aquela *Himantoglossum* que, ao desabrochar, exala no mato um cheiro de bode, bem como a orquídea-homem, cujo lábio tem a forma do corpo humano, e uma *Ophrys* cujos botões se assemelham aos olhos da pantera. Trazíamo-lo como companhia quando íamos colher exemplares fora dos limites dos penhascos. Ele conhecia cada palmo do caminho até as florestas e, sobretudo quando os pastores tornaram-se inamistosos, sua presença era penhor de segurança. Esse ancião encarnava o que havia de melhor nas grandes pastagens – algo distinto daquilo que os janotas imaginavam ao enxergar, na figura do pastor, o homem ideal, que eles celebravam em róseos poemas. O velho Belovar contava setenta anos, era magro, de elevada estatura, e usava barbas brancas que contrastavam singularmente com seus cabelos negros. Em seu semblante destacavam-se os olhos escuros que, de modo tão penetrante quanto os do falcão, abarcavam todas as suas propriedades e ganhavam um brilho de lobo no momento da ira. O ancião trazia argolas de ouro nas

* Arnauta: designação de albanês, dada pelos turcos e búlgaros. [N.T.]

orelhas e se enfeitava com um lenço vermelho na cabeça. Na cintura ele portava uma faixa também vermelha, que deixava à mostra as duas extremidades de um punhal. No cabo de madeira dessa velha arma viam-se onze entalhes* em que se gravara o tom vermelho-vivo da garança. Quando o conhecemos, o velho acabava de desposar a sua terceira mulher, uma jovem de dezesseis anos que ele tratava muito bem e que também espancava quando estava embriagado. Ao falar das disputas de sangue, seus olhos se inflamavam. Percebíamos que o coração do inimigo o atraía como um magneto irresistível pelo tempo em que ainda estivesse a bater, e que a lembrança daqueles atos de vingança faziam dele um cantor, à semelhança de muitos outros que havia na Campanha. Quando se bebia à beira do fogo em honra dos deuses dos pastores, não era raro que alguém se levantasse em meio à roda e, num discurso inspirado, se vangloriasse da morte que infligira ao inimigo.

Com o passar do tempo, nós nos acostumamos ao velho, e sua presença nos comprazia assim como se aprecia a companhia do cão fiel, conquanto a natureza de lobo ainda percorra suas veias. O selvagem fogo da terra ardia dentro dele, mas não havia desdouro em sua conduta. Daí que ele abominasse as forças sombrias que provinham das florestas e penetravam na Campanha. Cedo notamos que sua vida rústica não era desprovida de virtude, e que nela o fogo da paixão ardia de maneira que as cidades desconhecem. Para ele a amizade era mais que um sentimento; ela se inflamava em seu peito de maneira tão irrefletida e indomável quanto o ódio. Tivemos ocasião de prová-la, logo nos primeiros anos. Irmão Otho revertera em favor do velho uma causa no

* Entalhes: marcas que registravam uma proeza ou um feito heróico, incluindo-se aí a morte de um adversário. [N.T.]

fórum depois que ele se enredara numa intriga perigosa, urdida por cônsules de Marina. A partir de então, ele se afeiçoou profundamente de nós, e os seus olhos brilhavam quando, ainda de longe, nos divisava.

Cuidávamos de não expressar um desejo em sua presença, pois ele seria capaz de entrar no ninho do Grifo para nos regalar com os seus filhotes. Podíamos dispor de seus préstimos a qualquer hora, como de uma boa arma que se tem à mão; e nele reconhecíamos o poder com que se pode contar quando existe uma devoção completa, algo que se perdeu com o progresso da civilização.

Essa amizade era a nossa única proteção diante das ameaças da Campanha. Em certas noites, enquanto trabalhávamos calmamente na biblioteca e no herbário, o clarão de um incêndio iluminava a borda dos penhascos. Por vezes o incidente se passava tão perto de nós, que o vento norte nos trazia os seus ruídos. Ouvíamos as pancadas da clava contra um portão e o mugido do gado que se encontrava nos estábulos em chamas. O vento carreava até nós uma algaravia de vozes junto com o soar dos sinos das capelas domésticas. Quando, subitamente, tudo se calava, nossos ouvidos permaneciam atentos por um bom tempo noite afora.

Sabíamos, contudo, que nenhuma desgraça ameaçaria o eremitério enquanto o velho pastor estivesse na estepe, acompanhado de seu clã selvagem.

14.

Em Marina, contávamos com a presença de um monge cristão, o padre Lampros, do mosteiro de Maria Lunaris, venerada pelo povo como A Falcífera. Nesses dois homens, o velho pastor e o monge, revelava-se a diferença entre as formas como a terra atua sobre os homens – uma influência tão importante quanto a que ela exerce sobre as plantas. No velho vingador viviam as pastagens cujo solo jamais fora penetrado por uma relha; no sacerdote vivia a terra cultivada dos vinhedos, que com o secular trabalho humano se tornara tão fina quanto a areia da ampulheta.

Foi em Upsala que ouvimos falar pela primeira vez em padre Lampros, numa menção de Ehrhardt, que ali exercia a função de curador do herbário e fornecia material para o nosso trabalho. Naquele tempo, ocupava-nos o modo como as plantas repartem o círculo, o posicionamento do eixo que está na base das figuras orgânicas e, por fim, o princípio da cristalização, que dá sentido perpétuo ao crescimento, como faz o mostrador do relógio em relação ao ponteiro. Erhardt contou-nos que o autor da bela obra sobre a simetria dos frutos se encontrava justamente em Marina – tratava-se de Filóbio, pseudônimo que escondia a identidade de padre Lampros. Essa notícia atiçou a nossa curiosidade e assim, depois de lhe escrever um bilhete, fomos visitá-lo no mosteiro da Falcífera.

O mosteiro ficava tão próximo do eremitério que dali observávamos a ponta de seu campanário. Sua igreja era um ponto de peregrinação, e o caminho que conduzia até ela passava por prados suaves, nos quais velhas árvores floriam de um modo tão exuberante que mal se via o verde de uma folha em meio à brancura da copa. Pela manhã não se percebia viva alma nos jardins refrescados pela brisa do mar, mas a energia que emanava dos botões em flor tornava a aragem tão inspiradora que se caminhava verdadeiramente por um jardim encantado. Logo divisamos o mosteiro, que do alto de uma colina avistava um largo horizonte, e junto dele a sua igreja, de graciosa arquitetura. De longe, ouvíamos soar o órgão que acompanhava o canto com que os peregrinos veneravam a imagem.

Quando o porteiro nos conduziu igreja adentro, fomos também prestar a nossa reverência à imagem milagrosa. Vimos a alta senhora sentada num trono de nuvens e uma lua delgada que servia de escabelo a seus pés – e nessa lua falciforme desenhava-se um semblante que olhava para baixo em direção à Terra. Desse modo representava-se a divindade como o poder que repousa sobre a efemeridade das coisas, e ela era cultuada como Dispensadora e Ordenadora.

No claustro recebeu-nos o *circulator*, que nos conduziu à biblioteca supervisionada pelo padre Lampros. Era ali que ele costumava trabalhar, e também ali, rodeados por altos fólios, ficamos nós muitas vezes a conversar com ele. Quando entramos naquele recinto pela primeira vez, vimos o padre, que acabava de chegar do jardim do mosteiro, postado de pé na sala silenciosa, tendo à mão a panícula purpúrea de uma álcea. Cobrindo a cabeça, ele trazia um largo chapéu de pele de castor, e sobre o seu manto branco incidia a luz variegada que descia de um vitral.

Deparávamos em padre Lampros um homem que contava aproximadamente cinqüenta anos, apresentando estatura mediana e porte elegante. Quando nos aproximamos dele, fomos tomados por certa inquietação, pois a face e as mãos desse monge pareciam-nos insólitas e sinistras. Se assim posso me expressar, elas pareciam pertencer a um cadáver, e era difícil acreditar que nelas circulassem o sangue e a vida. Davam a impressão de se constituir de uma tenra cera – a sua mímica aflorava devagar à superfície e residia mais no brilho que nos traços do rosto. Ela se tornava particularmente rígida e emblemática quando ele levantava as mãos durante a conversa. E, contudo, tecia-se nesse corpo uma espécie de encantadora leveza que o penetrava como o sopro que anima um fantoche. Mas a alegria também não lhe era estranha.

Irmão Otho elogiava a sua figura, dizendo-lhe, quando o saudava, que os encantos de Fortuna e de Vesta* se uniam em sua pessoa numa alta configuração. O monge então abaixava a cabeça num gesto educado e em seguida a erguia com um sorriso. Era como se ele, depois de considerar essas poucas palavras, as recebesse como uma oferta de sacrifício.

Por esse e por diversos outros sinais, percebíamos que padre Lampros evitava a discussão; ele se mostrava mais forte no silêncio do que na fala. Comportava-se de modo semelhante no que diz respeito à ciência, em cujos domínios ele contava entre os

* Fortuna: deusa romana, dispensadora da abundância e responsável pelos destinos humanos; Vesta: deusa romana, protetora do fogo sagrado. [N.T.]

grandes mestres, sem que participasse das disputas entre as escolas. O seu princípio era o de que cada teoria significava na história natural uma contribuição à gênese das coisas, porque em cada época o espírito humano conceberia a criação de uma nova maneira, e em cada interpretação não existiria mais verdade do que na folha de uma planta, a qual se desenvolve para logo fenecer. Por essa razão, nomeava-se a si mesmo Filóbio, "o que vive nas folhas", naquela mescla de modéstia e orgulho que o caracterizava.

Que padre Lampros não apreciasse a contradição era também um sinal da amabilidade que nele se desenvolvera de modo extremamente refinado. Por prezar a ponderação, procedia de tal modo que tomava a palavra de seu interlocutor e a confirmava, dotando-a, contudo, de um sentido mais elevado. Era dessa maneira que ele respondia à saudação de irmão Otho, e notava-se em sua resposta não apenas a afabilidade que um clérigo adquire e acumula, feito o vinho nobre no decorrer dos anos – seu gesto revelava a cortesia que se cultiva nas grandes famílias e que provê os filhos de uma segunda e mais suave natureza. Ao mesmo tempo esse traço denotava orgulho, pois quando é senhor de si, o homem se fia em seu próprio juízo e prescinde da opinião alheia.

Dizia-se dele que pertencia a uma antiga estirpe da Borgonha, mas ele jamais falava do passado. De seu tempo mundano, conservava um anel-sinete em cuja rubra coralina se cunhara a asa de um grifo, tendo por divisa as palavras "tem motivo a minha paciência". Também aí se revelavam os dois pólos de sua existência – o orgulho e a modéstia.

Logo, tornamo-nos assíduos no mosteiro da Falcífera, em seu jardim de flores e na biblioteca. Desse modo, a nossa *Florula* prosperava como nunca, pois padre Lampros há muitos anos coletava exemplares da vegetação de Marina, e jamais saímos de lá sem um maço de folhas de seu herbário, as quais ele rotulava pessoalmente, constituindo genuínas obras de arte.

O contato com o padre exerceu uma influência igualmente favorável sobre o nosso trabalho em torno do eixo do crescimento vegetal, pois é de grande valia para um projeto que se possa discuti-lo com um espírito elevado. Tínhamos a impressão de que o padre, de maneira imperceptível e sem qualquer ambição, se incluía como autor em nossa obra. Ele não apenas possuía um amplo conhecimento dos fenômenos estudados, mas sabia intervir nos momentos de grande interesse, nos quais o sentido do trabalho se nos apresentava como um raio.

Somos especialmente gratos a ele por uma de suas indicações: certa manhã, ele nos conduziu por um talude coberto de flores que os jardineiros do mosteiro haviam cedo sachado e nos levou a um ponto do terreno que se encontrava coberto por uma toalha vermelha. Disse-nos que havia apanhado uma erva presa ao enxadão, a fim de nos alegrar os olhos. Todavia, ao retirar a toalha, revelou-se nada mais que um subarbusto ainda novo, daquela sorte de tanchagem a que Lineu atribuiu o epíteto *maior*, e que se encontra em todos os caminhos que o homem já pisou. Quando, porém, nos abaixamos e passamos a analisá-la com cuidado, vimos que ela atingira um tamanho e uma simetria excepcionais: o formato era o de um círculo verde que as folhas ovais subdividiam, emoldurando-a de forma denteada. No meio, sobressaía o seu luzidio núcleo de crescimento. A imagem parecia tão fresca e delicada em sua substância quanto imperturbável no esplendor espiritual da simetria. Tivemos um estremecimento – percebíamos como o gozo da vida e o gozo da morte se uniam em nós profundamente – e, ao nos erguermos, contemplamos a face risonha de padre Lampros. Ele nos havia confiado um mistério.

Não nos faltavam motivos para apreciar os favores de padre Lampros, sobretudo porque o nome dele era altamente respeitado pelos cristãos, e muitos o procuravam na esperança de obter conselho e consolação. Era estimado também por aqueles que honravam as doze divindades e por aqueles que vinham do norte, onde os Ases* são cultuados em amplos salões e em bosques rodeados por cercas. Quando vinham a ele, o padre lhes administrava o mesmo poder, mas não pelo rito sacerdotal. Irmão Otho, conhecedor de muitos templos e mistérios, admirava muitas vezes nesse espírito a capacidade de unir tão alto grau de conhecimento à severidade da regra. Irmão Otho acreditava que o dogma acompanhava o progresso da espiritualidade tal qual a vestimenta que se tece com ouro e púrpura e, a cada passo da confecção, adquire uma qualidade que mal se vê, enquanto as marcas de seu molde paulatinamente se dissolvem sob a luz.

Em virtude da confiança que lhe depositavam todas as forças atuantes em Marina, padre Lampros estava a par de tudo o que se passava ali. Ele via o jogo que se desenrolava de um modo mais abrangente que todos os outros, e por isso estranhávamos que a sua rotina monacal não sofresse nenhuma perturbação. Antes, parecia que, à medida que o perigo se aproximava, o seu ser se alegrava e brilhava com mais intensidade.

Conversávamos muitas vezes sobre isso ao nos sentarmos no eremitério, junto ao fogo dos sarmentos – pois em tempos sombrios tais espíritos despontam como torres em meio a uma linhagem que se abateu. Perguntávamo-nos por vezes se a seus olhos a

* Ases: deuses germânicos. [N.T.]

depravação já teria ido longe demais para que se pudesse repará-la; ou se a modéstia e o orgulho impediam-no de intervir nas querelas entre as partes, por meio da palavra ou da ação. Irmão Otho, porém, atinava melhor com essa conjunção de fatores, ao dizer que, em naturezas como a sua, a destruição não instilava o horror, e que tais naturezas haviam sido criadas de modo a adentrar a fornalha ardente, como se passassem pelos umbrais da casa paterna. Ele, que vivia como em sonho atrás dos muros do mosteiro, era talvez o único dentre nós que enxergava a realidade por inteiro.

Fosse como fosse, ele podia se descuidar de sua própria segurança, mas se mostrava bastante preocupado com a nossa. Recebíamos com freqüência bilhetes que ele subscrevia com o nome de Filóbio e que nos exortavam a procurar aqui ou ali uma flor rara que estivesse a florescer. Deduzíamos que ele desejava manter-nos afastados em determinadas ocasiões e agíamos de acordo. Ele decerto escolhia essa forma de aviso por receber informações sob um sigilo que não podia ser quebrado.

Percebíamos também que os seus mensageiros, caso não nos encontrássemos no eremitério, faziam com que Erio, e não Lampusa, nos trouxesse a sua missiva.

15.

Quando a destruição irrompeu nos penhascos de mármore, reavivaram-se em nós as recordações de nossos tempos na Mauritânia, e passamos a considerar uma saída pelo uso das armas. O equilíbrio de forças em Marina encontrava-se numa tal situação que bastava um sopro para abalá-lo, pois se as ligas dos clãs estavam a contender entre si e Biedenhorn, com seus mercenários, mantinha uma posição ambivalente, o monteiro-mor dispunha de um efetivo ainda reduzido de homens.

Ponderamos junto a Belovar e seu clã o assalto noturno sobre os caçadores – todo aquele que caísse em nossas mãos teria o corpo esfacelado e dependurado numa encruzilhada. Assim, falaríamos à gente imbecil das aldeias dos pinheirais na única linguagem que ela era capaz de compreender. À consideração de tais planos, o velho fazia o seu largo punhal saltitar na bainha, como se a arma estivesse a copular, e encorajava-nos a afiar as armadilhas e manter os cães à míngua até que o cheiro de sangue lhes fizesse saltar a língua desejosa de matança. Sentíamos então que a força do instinto percorria os nossos membros como um relâmpago.

Quando, porém, no herbário ou na biblioteca, tratávamos o assunto mais detidamente, decidíamos, cada vez com mais firmeza, resistir tão-somente por meio do poder do espírito. Depois de Alta-Plana, acreditávamos ter descoberto a existência de armas mais poderosas do que aquelas que cortam ou perfuram. Não obstante, recaíamos por vezes como crianças naquele universo em que o horror é onipotente. Desconhecíamos até então a plena força que está ao alcance do homem.

Sob esse aspecto, o convívio com padre Lampros foi de imensa valia. Teríamos decerto tomado uma decisão de moto próprio, de acordo com o que havíamos pensado quando retornamos a Marina. Para uma tal mudança de planos, contudo, é preciosa a opinião de um terceiro. A proximidade do bom mestre nos proporciona aquilo que realmente desejamos e nos habilita a assumirmos a nossa real identidade. Assim, guardamos o seu nobre exemplo no fundo do coração, pois a partir dele intuímos aquilo de que somos capazes.

Uma época extraordinária se iniciou para nós em Marina. Enquanto o crime se espraiava pelo país feito uma colônia de cogumelos na madeira apodrecida, mergulhávamos cada vez mais fundo no mistério das flores, e seus cálices pareciam-nos maiores e mais reluzentes do que nunca. Acima de tudo, porém, desenvolvíamos o nosso trabalho com a linguagem, pois reconhecíamos na palavra a lâmina encantada da espada cujo brilho empalidece o poder da tirania – palavra, liberdade e espírito configuram uma trindade.

Posso dizer que os nossos esforços foram recompensados. Certas manhãs, acordávamos eufóricos e sentíamos na língua o agradável sabor que o homem experimenta quando se encontra no auge de sua saúde. Não nos era difícil nomear as coisas, e nos movíamos no eremitério como se estivéssemos num ambiente de câmaras magneticamente carregadas. Atravessávamos os seus recintos e o jardim num sutil estado de êxtase e vertigem e, por vezes, jogávamos as nossas fichas anotadas na lareira.

Nesses dias, quando o sol atingia o zênite, íamos até o alto dos penhascos. Caminhávamos na senda das serpentes por sobre os hieróglifos vermelhos das jararacas e galgávamos os degraus reluzentes da escada esculpida na pedra. Da crista da elevação, cujo brilho ofuscante dominava a paisagem ao meio-dia, contemplávamos demoradamente o país, e o nosso olhar procurava vislumbrar a sua redenção em cada prega e em cada borda do terreno. Tudo se passava como se escamas caíssem de nossos olhos, e tal como as coisas vivem na poesia, compreendíamos aquela visão em seu esplendor indestrutível.

Éramos tomados pela ditosa consciência de que a destruição não encontrava acolhida nos elementos e que a impostura desandava em sua superfície como fantasmagorias que não resistem ao sol. E pressentíamos que se vivêssemos naquelas celas imperturbáveis, passaríamos, em cada fase da destruição, pelas portas abertas de um salão de festas para adentrar um recinto ainda mais resplandecente.

Quando estávamos no alto dos penhascos, irmão Otho costumava dizer que este era o sentido da vida: reproduzir a criação na efemeridade, assim como, ao brincar, a criança imita a obra paterna. Este era o sentido da semente e da germinação, do cultivo e da ordenação das coisas, da imagem e da letra – que a grande obra neles se apresenta como se o fizesse em espelhos de um vidro multicor que logo se quebra.

16.

Recordamos com prazer os nossos dias de bravura, mas não podemos nos calar sobre aqueles em que nos deixamos levar por sentimentos menos nobres. Nos momentos de debilidade a destruição nos aparece em terrível configuração, como nas imagens que se vêem nos templos dos deuses da vingança.

Havia manhãs cinzentas em que caminhávamos hesitantes pelo eremitério e meditávamos entristecidos no herbário e na biblioteca. Tratávamos de cerrar as venezianas e líamos, à luz do candeeiro, manuscritos e folhas amarelecidos, que um dia haviam nos acompanhado em nossas viagens. Abríamos velhas cartas e, para nos consolar, folheávamos livros bem provados, de onde corações mortos há centenas de anos vinham nos aquecer. Nos escuros veios do carvão se reanima a incandescência do grande verão terreno.

Nesses dias em que reinava o tédio, fechávamos também as portas que davam para o jardim, pois o aroma fresco das flores era demasiado intenso. À noitinha, enviávamos Erio à cozinha do penhasco para que Lampusa lhe enchesse um jarro daquele vinho que fora fermentado no ano do cometa.

Quando o fogo se inflamava na lareira de sarmentos, buscávamos as ânforas aromáticas, seguindo um costume que adotáramos na Britânia. O seu preparo consistia em juntar pétalas de flores de todas as estações do ano e prensá-las, depois de tê-las secado em vasilhas amplas e bojudas. Quando abríamos esses jarros no inverno, a florada variegada houvera há muito desbotado e ressequido, adquirindo os tons de uma seda amarelecida e de uma púrpura desbotada. E, contudo, como uma lembrança de canteiros de resedás e de jardins de rosas, um odor suave e estranho ascendia dessa floração extemporânea.

Nessas cerimônias sombrias, acendíamos pesadas velas de cera de abelha. Elas eram um presente de despedida do cavaleiro Deodato, da Provença, que há muito tombara no Tauro* selvagem. À sua luz, recordávamos o nobre amigo e as noites em que havíamos conversado com ele na alta muralha de Rodes, enquanto o sol se punha no céu límpido da Egéia. Caindo a noite, uma brisa suave soprava do cais, onde as galeras se ancoravam, e chegava à cidade. O aroma doce das rosas se entrelaçava ao cheiro das figueiras, e a brisa do mar fundia as essências de florestas e ervaçais longínquos. E do fosso da muralha, onde a camomila florescia em chumaços amarelos, subia um cheiro intenso e aprazível.

Com esse odor, elevavam-se as últimas abelhas, carregadas de mel, voando, através das fendas e das seteiras da muralha, rumo às colméias nos pequenos jardins. Seu zumbido ébrio nos encantou muitas vezes quando nos encontrávamos no bastião da Porta d'Amboise, e por isso Deodato nos deu um carregamento de sua cera ao nos despedirmos – "para que não vos esqueçais das douradas zumbidoras da ilha das Rosas". E, realmente,

* Tauro: cadeia de montanhas na Ásia Menor. [N.T.]

quando acendíamos as velas, o pavio exalava o aroma seco e suave de especiarias e de flores que brotam nos jardins sarracenos.

Assim, esvaziávamos nossos copos em homenagem aos velhos amigos que se achavam distantes e às muitas terras deste mundo. O medo nos assalta quando sopra o hálito da morte – comemos e bebemos imaginando por quanto tempo ainda nos será concedido um lugar a esta mesa, pois a terra é bela.

Ao mesmo tempo, oprimia-nos um pensamento que é familiar a todos os que se consagram à obra do espírito. Havíamos dedicado anos ao estudo das plantas, sem medir esforços, destinandolhes também a herança paterna. Agora, recolhíamos os primeiros frutos maduros. Ali estavam as cartas, os escritos, as coleções e as folhas do herbário, os diários dos anos de guerra e das viagens e, especialmente, o material sobre a linguagem, reunido como milhares de pedrinhas cujo mosaico se encontrava em estágio bastante adiantado. Havíamos publicado apenas uma pequena parte desses manuscritos, pois irmão Otho ponderava que era mau negócio fazer música para os surdos. Vivíamos numa época em que o autor estava condenado à solidão. Diga-se, contudo, que mesmo nesse estado de coisas teríamos ficado felizes em ver algo impresso – não em virtude da glória póstuma, a qual, não menos que o momento presente, pertence às formas da ilusão. Antes, porém, porque na forma impressa se oculta o selo do acabado e do inalterável, diante dos quais o solitário também se admira. A despedida é mais feliz quando a casa está em ordem.

Quando as nossas folhas nos inquietavam, pensávamos na jovial tranqüilidade de Filóbio. Vivíamos de modo inteiramente distinto ao dele. Parecia-nos tarefa demasiado difícil uma separação dos trabalhos em que nos aprofundávamos e deitávamos raízes. Consolava-nos, todavia, o espelho de Nigromontano, cuja imagem sempre nos animava quando nos encontrávamos em tal estado de espírito. Ele integrava o espólio de meu antigo mestre, e a sua peculiaridade residia no fato de concentrar os raios solares num fogo de máxima intensidade. Para Nigromontano as coisas que se inflamavam nessa incandescência tornavam-se a tal ponto inalteráveis que se assemelhavam ao destilado puro – ele aprendera essa arte em mosteiros do Oriente, onde se queimam os tesouros dos mortos para que os acompanhem na eternidade. De modo semelhante ele pensava que tudo aquilo que se queimasse com o auxílio desse espelho gozaria, em sua invisibilidade, de melhor proteção do que aquela propiciada por portões blindados. Assim a matéria seria conduzida a domínios que se encontram além dos limites da aniquilação, por meio de uma chama que desconhece a fumaça e os tons prosaicos do vermelho. Nigromontano chamava essa circunstância de "segurança em meio ao nada", e decidimos conjurá-la quando viesse a hora da destruição.

Prezávamos o espelho como a chave que nos franqueava a passagem a altos aposentos e, naquelas noites, abríamos cuidadosamente o estojo azul que o guardava, para nos deleitarmos à vista de sua radiância. A lâmina de límpido cristal de rocha refulgia emoldurada por um anel de eletro. Nigromontano gravara em sua base um aforismo em runas solares, digno de sua audácia:

E se a terra, qual uma bomba, vier a explodir,
Tornar-nos-emos fogo e branca incandescência.

No reverso, estavam inscritas em páli,* na forma de minúsculos caracteres, os nomes de três viúvas da realeza, que cantavam na ceri-

* Páli: língua indo-européia, já morta. [N.T.]

mônia fúnebre de seus maridos, enquanto subiam à pira, cujo fogo era aceso pela mão de um brâmane, com o auxílio desse espelho.

A seu lado achava-se uma pequena lâmpada, igualmente talhada no cristal de rocha, a qual portava o signo de Vesta. Ela se destinava a preservar o poder do fogo nas horas do afélio* ou nos momentos de urgência máxima. Foi por meio dessa lâmpada, e não de tochas, que se acendeu a pira de Olímpia, quando Peregrino Proteu, que se autodenominava Fênix, lançou-se ao fogo para se unir ao éter, à vista de numerosa multidão. O mundo conhece esse homem e seu grande feito apenas por meio da caricatura falaciosa de Luciano.

Em toda boa arma reside o poder da magia – mal a contemplamos e já nos sentimos admiravelmente fortalecidos. Isto também valia para o espelho de Nigromontano. Seu brilho profetizava que não seríamos completamente derrotados, que o que havia de melhor em nós era infenso às forças do vilipêndio. Assim preservavam-se nossas mais preciosas energias, como se repousassem em castelos de cristal de águias soberanas.

Padre Lampros sorria, por certo, e dizia que havia sarcófagos também para o espírito. A hora da aniquilação haveria de ser a hora da vida. Isso podia ser dito por um sacerdote que se sentia atraído pela morte como se o fosse por distantes cataratas, em cujos turbilhões se desenha o arco-íris. Nós, contudo, estávamos na plenitude da vida, e carecíamos dos sinais que também os olhos do corpo são capazes de reconhecer. É apenas na variedade das cores que a luz invisível se revela a nós, mortais.

* Afélio: ponto da órbita terrestre em que a distância em relação ao sol é a maior possível. [N.T.]

17.

Notávamos que esses dias de tédio eram justamente os dias de nevoeiro, nos quais a terra perdia o semblante jovial. As nuvens formavam-se nas florestas como se fossem preparadas em sinistras cozinhas e se dirigiam em extensas barreiras na direção da Campanha. Estancavam nos penhascos de mármore e, ao amanhecer, despejavam o seu caudal indolente sobre o vale, do qual, em meio à névoa branca, não se viam sequer os pináculos da catedral. Numa tal cerração, sentíamos a visão turvar-se, e percebíamos que a desgraça, escondida por um manto espesso, chegava ao país de modo sorrateiro. Fazíamos bem, portanto, em passar o dia recolhidos junto ao vinho e à candeia. Mas algo nos compelia a sair. Parecia-nos que não apenas os vermes-de-fogo se alvoroçavam lá fora, mas que o país mudava em sua forma – como se a sua realidade se tornasse menor.

Decidimo-nos então por sair mesmo em dias de nevoeiro e fazíamos excursões, sobretudo às grandes pastagens. O que nos levava até lá era sempre a coleta de determinada erva. Buscávamos, se assim posso dizê-lo, apegar-nos em meio ao caos à obra-prima de Lineu, a qual estabelece a torre de onde o espírito observa as regiões da vegetação selvagem. Colhíamos, por vezes, uma plantinha miúda que nos enchia de luz.

Acrescia-se a isso algo que eu caracterizaria como vergonhoso – é que não tomávamos por inimiga a corja das florestas. Havíamos decidido que estávamos ali para colher exemplares de plantas e não para guerrear, e assim evitávamos a maldade, do mesmo modo como, num caminho, se contornam os pântanos e os animais selvagens. Não concedíamos à nação dos Lêmures a liberdade de decidir. Jamais permitiríamos que esses poderes nos ditassem a lei de modo que perdêssemos de vista a verdade.

Naqueles dias os degraus da escada que conduzia aos penhascos tornavam-se úmidos por causa da neblina, e ventos frios traziam uma chuva fina. Embora os pastos se apresentassem muito mudados, as velhas trilhas ainda nos eram bastante familiares. Elas atravessavam ruínas de ricas herdades, às quais se entrelaçava agora o cheiro de queimado. Víamos os esqueletos das reses branquearem nos estábulos derrubados, portando ainda os cascos, os chifres e uma corrente em torno do pescoço. No pátio interno amontoavam-se os utensílios domésticos, que os vermes-de-fogo haviam saqueado e arremessado pelas janelas. Lá estava a balança quebrada, abandonada entre a mesa e a cadeira, e a urtiga medrava sobre ela. De raro em raro, avistávamos grupos esparsos de pastores que tangiam uma pequena e desvalida tropa de gado. A peste emanava dos cadáveres que jaziam no pasto e provocava grande mortandade nos rebanhos. É assim que, no ocaso da ordem, todos se perdem.

Depois de uma hora de caminhada, chegávamos à fazenda do velho Belovar, que era praticamente a única a lembrar os velhos tempos, pois tinha muito gado e permanecia incólume em meio aos prados verdejantes. Isso se deve ao fato de que Belovar era ao mesmo tempo um livre-pastor de gado e o líder de um clã, e também porque desde o início ele protegera as suas propriedades contra as maltas errantes. De modo que havia muito os caçadores e os vermes-de-fogo não ousavam sequer dele se aproximar. Contava entre os seus belos feitos as derrotas que lhes impusera nos campos e nas matas, mas nem por isso se dera ao trabalho de acrescentar um novo entalhe ao cabo de seu punhal. Empenhava-se para que toda rês que viesse a morrer nos limites de seus pastos fosse enterrada em cova funda e coberta por cal para que o mau cheiro não se espalhasse. Para chegar até ele, era preciso passar por um enorme rebanho de bois vermelhos e malhados, e sua casa e seus celeiros ainda conservavam o brilho de outrora. Os pequenos deuses que protegiam os limites de suas terras riam para nós em meio ao fulgor das oferendas que se renovavam.

Na guerra é comum que um posto avançado permaneça intocado, mesmo muito depois de a fortaleza ter caído. Desse modo a fazenda do velho oferecia-nos um ponto de apoio. Ali, podíamos descansar e conversar com ele enquanto Milina, a sua jovem mulher, preparava-nos na cozinha um vinho com açafrão e cozia bolos na manteiga. O velho conservava ainda a mãe, que contava uns cem anos de idade e, não obstante, circulava altiva feito uma chama pela casa e pelos pátios. Aprazia-nos conversar com a velha matriarca, pois ela entendia de ervas e conhecia provérbios cuja força fazia coagular o sangue. À despedida, deixávamo-nos tocar por sua mão antes de seguir adiante.

Quase sempre o velho queria nos acompanhar, o que preferíamos evitar. Parecia que a sua proximidade atraía sobre nossa cabeça os bandos provenientes das aldeias dos pinheirais, assim como os cães se agitam quando o lobo resvala os limites do terreno. O velho desejava tão-somente o nosso bem-estar. Nós, contudo, pensávamos de modo diverso. Andávamos desarmados, sem a companhia de criados, e nos cobríamos com um leve manto de cor argêntea, que nos mantinha ocultos em meio à névoa. Caminhávamos tateantes, através da junqueira e do pântano, rumo aos Cornos e à borda da floresta.

Ao deixarmos as pastagens, logo percebíamos que a violência crescia e se acercava. A neblina envolvia as brenhas e o vento sibilava na mata de juncos; o chão que pisávamos parecia-nos alheio e estranho. Surpreendia-nos, sobretudo, que a nossa memória se perdesse. A terra tornava-se enganosa e oscilante, à semelhança dos campos que se vêem nos sonhos. Havia decerto lugares que reconhecíamos sem sobressaltos, mas bem ao lado deles surgiam novas e enigmáticas frações de terra, como ilhas que emergem no oceano. Tínhamos de nos esforçar ao máximo para reconhecer a topografia correta e verdadeira. Agíamos bem, portanto, ao evitar as aventuras pelas quais ansiava o velho Belovar.

Assim, caminhávamos, e por vezes tardávamos várias horas no pântano e no juncal. Se não descrevo os pormenores desse caminho, é porque fazíamos coisas que se encontram além das possibilidades da linguagem e não se subordinam ao poder exercido pelas palavras. Cada um de nós traz na lembrança as ocasiões em que o seu espírito, em sonhos ou absorto na meditação profunda, já se esforçou por penetrar em lugares que depois não consegue descrever. Era como se o nosso espírito procurasse caminhar tateante em meio a labirintos, ou enxergar os sinais que se encerram num quadro enigmático, e despertasse admiravelmente fortalecido. É justamente nessa circunstância que se realiza o nosso melhor trabalho. Parecia-nos que a linguagem não nos bastava no momento do combate, e que seria preciso imergir até o fundo do sonho a fim de prevalecermos sobre a ameaça.

E de fato, quando estávamos sozinhos no pântano e no juncal, sentíamos que essa operação era um jogo sutil de lances e de réplicas. A neblina se adensava, ao mesmo tempo que a força que institui a ordem parecia crescer em nosso íntimo.

18.

Todavia, tais incidentes não impediram que nos ocupássemos das flores. Elas nos orientavam, assim como a bússola indica o caminho em mares desconhecidos. Foi isso o que se deu no dia em que adentramos o interior do Corno do Carrasco, o qual nos legou uma amarga lembrança.

Certa manhã, ao vermos a névoa emergir das florestas e alcançar os penhascos, decidimos sair em busca do heléboro-vermelho e partimos depois de tomar o desjejum preparado por Lampusa. O heléboro-vermelho é uma flor que cresce isolada em florestas e matas cerradas, e leva o nome vermelho, dado por Lineu, por se diferenciar de duas espécies menos coradas, sendo a sua floração mais rara que a de suas congêneres. Uma vez que essa planta prefere os pontos escalvados da floresta, irmão Otho opinava que o esfoladouro seria o melhor lugar para procurá-la. Esse era o nome que os pastores davam a uma velha clareira que se situava no ponto em que a borda da mata encontra as foices do Corno do Carrasco, sítio que goza de má reputação.

Ao meio-dia, estávamos em casa do velho Belovar, mas, como precisávamos de toda a força do espírito, abstivemo-nos de qualquer alimento. Cobrimo-nos com os mantos argênteos e, uma vez que a velha matriarca nos tocara com as mãos sem encontrar resistência, o velho nos despediu tranqüilo.

Assim que atravessamos os limites de sua propriedade, formou-se um denso nevoeiro que apagava todas as formas, fazendo-nos logo perder o caminho. Errávamos em círculos através de pântanos e charnecas e, às vezes, parávamos em meio a aglomerados de velhos salgueiros ou em charcos sombrios, onde cresciam grandes pés de junco.

A terra desolada parecia estar mais viva naquele dia, pois ouvíamos gritos e tínhamos a impressão de distinguir vultos que passavam rentes a nós, sem que, no entanto, nos vissem em meio à obscuridade. Nessa confusão, havíamos decerto perdido o caminho que levava ao Corno do Carrasco, e à guisa de orientação fiávamo-nos unicamente na orvalhinha. Sabíamos que essa pequena erva habita o cinturão úmido que envolve a floresta, e seguíamos o padrão de suas perenes e reluzentes folhas de matiz verde e vermelho, como se acompanhássemos a borda de um tapete. Desse modo, alcançamos os três altos choupos que, em dias claros, assinalam os cimos do Corno do Carrasco, como se fossem três pontas de lança. A partir desse ponto, seguimos tateando em meio ao gume das foices até chegar à borda da floresta, e ali adentramos o Corno em sua extensão mais larga.

Depois de romper uma espessa orla de abrunheiros e cornales, penetramos na alta floresta, em cujos domínios jamais se fizera ouvir o golpe do machado. Os altos troncos, que enchiam de orgulho o monteiro-mor, apresentavam um brilho úmido, como se fossem colunas cujos capitéis o nevoeiro ocultava. Caminhávamos entre eles como se atravessássemos largos vestíbulos, e, à semelhança de um espetáculo mágico, gavinhas de hera e flores de clematite pendiam de um plano invisível. O chão apresentava-se coberto de húmus e de uma ramagem apodrecida cuja casca era colonizada por cogumelos – os rubros Becherlinge –, de modo que tínhamos a sensação de mergulhar em meio a jardins de corais. Ali onde um desses troncos gigantescos envelhecera e caíra, ou fora derrubado por um raio, caminhávamos por pequenas clareiras nas quais a amarela dedaleira se apresentava em tufos compactos. Também a beladona vicejava na terra decomposta. Em seus galhos, os cálices das flores tingidas de um violeta acastanhado vibravam como sininhos de finados.

O ar apresentava-se parado e sufocante, mas a nossa aproximação fazia voar toda a sorte de pássaros. Ouvíamos o belo chilrear com o qual o galinho-de-fogo vagueia em meio aos larícios, e também o grito de alerta com que o tordo interrompe o seu canto ligeiro. Casquinando, o papa-formigas se escondia no tronco escavado de um amieiro e, na copa dos carvalhos, o melro-dourado nos acompanhava com seu riso arrebatador. Ouvíamos ainda um pombo extasiado arrulhar ao longe e o pica-pau martelar a madeira morta.

Com cuidado, e por vezes nos detendo, avançamos sobre um cerro pouco elevado até que irmão Otho, um pouco mais adiantado, anunciou a proximidade do arroteamento. Foi nesse momento que eu encontrei o que buscávamos, o heléboro-vermelho; vi-o reluzir na penumbra e corri alegre em sua direção. A pequena flor fazia jus ao nome que tinha, pois se assemelhava a um passarinho* que se aninhara furtivamente na folhagem castanho-acobreada da faia. Eu podia ver as folhas delgadas, as flores

* Heléboro-vermelho: em alemão esta flor leva o nome de *rotes Waldvögelein*, que se pode traduzir por "passarinho-vermelho-da-floresta". [N.T.]

purpúreas e a descorada ponta do labelo que a distingue. O pesquisador, assim surpreendido pela visão de uma planta diminuta, ou de um animal, é tomado por um tal sentimento de felicidade, que é como se a natureza o regalasse prodigamente. Diante de um achado assim eu costumava chamar por irmão Otho antes de tocar a flor para que ele partilhasse comigo a alegria da descoberta. Porém, ao elevar os olhos em sua direção, ouvi um tom de lamento que me aterrorizou. Era como o suspiro lento que sucede ao golpe que fere fundo. Vi-o postado sobre o alto da colina, logo adiante de mim, com o olhar paralisado, e quando corri ao seu encontro, ele levantou a mão e conduziu o meu olhar para adiante. Senti então o coração ser apanhado por garras, pois diante de mim se revelava um antro de opressão que chegara aos extremos da ignomínia.

19.

Estávamos atrás de um pequeno arbusto com bagas rubras e contemplávamos a clareira do esfoladouro. A disposição do tempo mudara, pois já não havia traços do nevoeiro que nos acompanhara desde os penhascos. As coisas mostravam-se absolutamente nítidas, como se estivessem dispostas no centro de um tornado, apresentando-se envoltas por um ar tranqüilo e imóvel. As vozes dos pássaros também se calavam e apenas um cuco, vez ou outra e de acordo com os hábitos de seu bando, dava o seu grito na borda da mata. Ora próximo, ora distante, ouvíamos o seu riso irônico e inquisitivo – cuco-cuco – que logo se precipitava triunfante e nos enregelava o sangue.

O arroteamento estava tomado por uma relva seca. Mais atrás ela cedia espaço ao cardo pardacento que se alojava nos escombros. Em meio a essa paisagem árida despontavam curiosamente dois grandes arbustos bem conservados, que nós, à primeira vista, havíamos tomado por loureiros; as suas folhas, porém, traziam aquele matiz amarelado que elas costumam apresentar nos açougues. Eles cresciam de ambos os lados de um velho celeiro escancarado. A luz que os alumiava não provinha do sol, mas era fulgurante e livre de sombras, e fazia a alva edificação distinguir-se nitidamente. Traves escuras, aprumadas sobre três pés, dividiam os muros em blocos, e acima deles elevava-se espigado um telhado cinzento de madeira. Varas e ganchos apoiavam-se em sua murada.

Acima de sua porta escura havia um crânio pregado ao frontão. Ele exibia os dentes sob uma luz mortiça e, com um sorriso zombeteiro, parecia convidar para dentro. Como a corrente que se prende à jóia, arrematava-o um delgado friso, no frontão, o qual parecia formar-se de aranhas-marrons. Mas logo deduzimos que se tratava de mãos humanas fixadas à parede. Podíamos percebê-lo com tal clareza que reconhecíamos a pequena cavilha que atravessava a palma de cada uma delas.

Crânios iam-se branqueando nas árvores que cercavam o arroteamento. Um deles, com as órbitas tomadas pelo musgo, parecia nos inspecionar com um sorriso obscuro. O silêncio era absoluto, à exceção da dança extravagante com a qual o cuco cantava em torno dos crânios empalidecidos. Ouvi então irmão Otho sussurrar de modo ausente: "Sim, isto é o esfoladouro".

O interior do celeiro era escuro, e apenas quando chegamos bem perto da entrada pudemos reconhecer a mesa de esfola, sobre a qual havia uma pele esticada. Mais atrás uma substância lamacenta e esbranquiçada destacava-se no chão escuro. Ela atraía ao celeiro um enxame de mosquitos de cor metálica e dourada, como se fosse uma casa de abelhas. Então a sombra de um grande pássaro pousou na clareira. Era um abutre que, com suas asas de bordos denteados, descera ao cardal. Somente depois de observá-lo bem, de reconhecer o pescoço vermelho e ver o seu bico remexer com vagar os restos no chão, notamos a presença de um homenzinho, que portava uma enxada. O pássaro acompanhava o seu expediente como um corvo que segue a charrua.

O homenzinho deitou sua enxada e, com um assovio nos lábios, dirigiu-se ao celeiro. Vestia um casaco cinza, e nós o vimos esfregar as mãos como se acabasse de realizar um excelente trabalho. Depois que ele entrou no celeiro, passamos a ouvir o ruído de pancadas e de raspagem na mesa de esfola, além da cançãozinha que ele continuava a assoviar num tom de jovialidade espectral. Ouvimos então, como se estivesse a acompanhá-lo, o vento perpassar o pinheiral, de modo que os alvos crânios que pendiam das árvores chocalhavam em coro. Ao sopro do vento associavam-se ainda a batida dos tacões do homenzinho e o ruído de atrito das mãos secas na parede do celeiro. O barulho das pancadas e dos crânios que se chocavam lembrava uma encenação de marionetes no reino da morte. Ao mesmo tempo um persistente, pesado e doce cheiro de putrescência pairava no ar e nos fazia estremecer até a medula. Sentíamos como em nosso íntimo a melodia da vida se propagava por sua corda mais profunda e sombria. Mais tarde, não saberíamos dizer por quanto tempo havíamos observado essa cena – talvez não tenha sido mais que um instante. Então, como que despertos, tomamo-nos pelas mãos e corremos para o seio da mata do Corno do Carrasco, enquanto o grito do cuco nos acompanhava desdenhoso. Acabáramos de conhecer a sinistra cozinha da qual partia a névoa que vagava até Marina – uma vez que não arredávamos dali, o velho* mostrou-a para nós de um modo relativamente preciso. Tratava-se dos porões sobre os quais se erguem os castelos da tirania e a partir dos

* O velho: observe-se que aqui o epíteto se refere ao monteiro-mor e não mais a Belovar. [N.T.]

quais se vêem evolar as fragrâncias de suas festas: antros fétidos da espécie mais sinistra. Dentro deles, por toda a eternidade, uma canalha abjeta se regozija de modo pavoroso na profanação da dignidade e da liberdade humana. Calam-se então as musas, e a verdade começa a vacilar como a chama exposta aos ventos da tempestade inclemente. Vêem-se os fracos retrocederem antes de se terem formado as primeiras nuvens, e mesmo a casta dos guerreiros começa a hesitar quando vê o bando de larvas erguer-se das profundezas e tomar os bastiões. Neste mundo o ânimo guerreiro permanece num patamar de segunda grandeza: apenas os mais eminentes dentre nós logram penetrar a cidadela do horror. Eles sabem que essas imagens vivem tão-somente no coração e as atravessam como se elas fossem reflexos irreais, até alcançar os esplêndidos portais da vitória. Então, justamente por meio das larvas, eles são magnificamente exaltados em sua realidade.

A dança da morte no esfoladouro tinha nos horrorizado profundamente. Estremecidos, nós nos encontrávamos no fundo da floresta e escutávamos o grito do cuco. Agora, contudo, estávamos envergonhados, e foi irmão Otho que pediu para voltarmos de imediato ao arroteamento, já que o heléboro-vermelho não fora consignado no livro de registros. Cuidávamos sempre de anotar todos os achados sobre as plantas no próprio sítio de sua descoberta, pois sabíamos que depois muita coisa fugiria à memória. Podíamos dizer que a nossa *Florula Marinae* fora de fato gerada no campo.

Ignorando o grito do cuco, corremos de volta ao cerro e procuramos pela pequena plantinha em meio à folhagem. Depois de a examinar novamente, irmão Otho desencavou seu rizoma com o auxílio de uma pá. Medimos com o compasso todas as suas partes e registramos em nosso livrinho, juntamente com esses dados, os detalhes do lugar.

Nós, homens, quando laboramos no ofício a que fomos destinados, temos apenas de cumprir a nossa tarefa, e é curioso que sejamos tomados por um forte sentimento de imunidade e proteção. Já o havíamos experimentado durante a guerra: diante da proximidade da morte o guerreiro se entrega de boa vontade aos deveres prescritos por sua classe. De igual modo a ciência nos fortalecera muitas vezes. O olhar que se dirige às coisas, quando está seguro de si e nada de vulgar o confunde, é detentor de um grande poder. Ele se nutre do universo de uma maneira particular, e é nisto que reside a força da ciência. Sentíamos o modo pelo qual a débil florzinha, em sua forma e constituição incorruptíveis, nos fortalecia para que resistíssemos ao sopro da decomposição.

Depois de ter atravessado a floresta e chegado à sua borda, contemplamos o sol sob a forma que ele, pouco antes de se pôr, costuma apresentar em dias nublados. Nas brechas das copas das grandes árvores insinuava-se um brilho dourado, e era igualmente dourado o brilho do musgo que pisávamos. Há muito não se ouviam os gritos do cuco; na ramagem mais alta e seca, porém, levantavam-se invisíveis rouxinóis, excelentes cantores, cujas vozes penetravam intimamente a umidade fria. Caiu então a noite, que aspergia um brilho verde como se houvera saído de uma caverna. Gavinhas de madressilva pendiam do alto, exalando um aroma profundo, e as coloridas borboletas-da-noite subiam zunindo até os seus cálices amarelos. Nós as víamos estremecer com delicadeza; pareciam estar perdidas num antro de luxúria diante dos labelos retesados dos cálices, e lançavam frementes as trombas delgadas e ligeiramente encurvadas àquele fundo doce.

Ao deixarmos o Corno do Carrasco, ao pé dos três choupos, a pálida foice da lua começava a tingir-se de dourado e as estrelas despontavam no firmamento. Na junqueira, encontramos o velho Belovar, que, ao escurecer, saíra em nosso encalço, com seus cães e seus servos. O velho ria, depois, enquanto bebíamos o vinho açafroado e lhe mostrávamos a flor vermelha que havíamos colhido no esfoladouro. Ficamos calados, porém, e à despedida pedimos que se mantivesse alerta em sua bela e intocada fazenda.

20.

Há experiências que nos impelem a um reexame das coisas, e a visão daquela casa no esfoladouro constituía para nós um desses momentos. Decidimos, primeiramente, procurar padre Lampros, mas, antes que fôssemos ao mosteiro da Falcífera a desgraça se abateu sobre nós.

No dia seguinte, passamos um bom tempo ordenando os manuscritos no herbário e na biblioteca. Já havíamos reconhecido a proximidade do perigo. Começava a escurecer e eu me sentei um instante no parapeito do terraço do jardim para fruir o perfume das flores. O calor do sol ainda pairava sobre os canteiros, mas a primeira friagem da relva à beira-mar subia para atenuar o cheiro da poeira. O odor das violetas-da-lua e dos claros botões da boa-tarde despencava dos penhascos sobre os jardins do eremitério como se formasse uma cascata. Assim como há perfumes que se precipitam e outros que ascendem, um delicado e sensível aroma irrompia em meio àquelas pesadas emanações.

Segui o seu rastro e dei com o grande lírio-dourado de Cipângu, o qual desabrochara ao anoitecer. Havia ainda luz o bastante para que se enxergassem o seu dourado traço de chama e o mosqueado tigrino que delineava o seu cálice branco, com suma formosura. O pistilo, como o badalo de um sino, ancorava-se em sua base clara, e em torno dele alinhavam-se seis delgados estames, todos cobertos por um pó marrom que se assemelhava ao mais puro extrato de ópio. Eles não haviam sido tocados pelas borboletas, de modo que a delicada bainha disposta no meio dos cálices ainda brilhava. Debrucei-me sobre eles e vi que tremiam em seus filamentos, como se compusessem um carrilhão da natureza – um repique de sinos que, em vez de soar, fazia evolar essências moscadas. A extraordinária força amorosa daqueles seres delicados será eternamente admirada.

Enquanto eu observava os lírios, o facho de uma tênue luz azul cintilava na estrada do vinhedo e se adiantava tateante colina acima. Ouvi então um carro parar diante do portão do eremitério. Embora não aguardássemos convidados, desci pressuroso até o portão, pois havia as jararacas no caminho. Vi um enorme carro que zumbia baixinho feito um inseto, produzindo um ruído quase inaudível. Ele portava as cores que a alta nobreza da Nova Borgonha reservava para seu uso exclusivo, e diante dele encontravam-se dois homens; um deles fazia sinais por meio dos quais os mauritanos se fazem entender no escuro. Ele declinou o seu nome, Braquemart, que não me era estranho, e apresentou-me o outro, o jovem príncipe de Sunmyra, um nobre de linhagem neoborgonhesa.

Convidei-os a entrar e os conduzi, tomando-os pelas mãos. Sob a pálida luz da noite, percorremos o caminho das serpentes e reparei que o príncipe mal notava os animais, ao passo que Braquemart os olhava com desprezo, evitando-os, porém, com muito cuidado.

Fomos até a biblioteca, onde encontramos irmão Otho, e enquanto Lampusa dispunha o pão e o vinho, passamos a conversar com nossos hóspedes. Conhecíamos Braquemart de outros tempos, mas apenas de modo ligeiro, pois ele empreendia freqüentes viagens. Braquemart era um tipo pequenino, sombrio e magro, que achávamos um tanto grosseiro, mas, como todo mauritano, não era desprovido de inteligência. Ele pertencia àquela casta que nós jocosamente denominamos caçadores de tigres, porque são vistos quase sempre a se envolver em aventuras exóticas. Ia ao encontro do perigo, como se fosse escalar por esporte um maciço cheio de fendas – Braquemart abominava as planícies. Tinha um coração forte, que não se intimidava diante dos obstáculos, mas infelizmente essa virtude se fazia acompanhar por uma atitude de menosprezo. Como todo entusiasta do poder e da dominação, ele carreava os seus sonhos selvagens para o reino da utopia. Acreditava que houvera, desde o início, duas raças na Terra – os senhores e os servos – e que com o passar do tempo ambas haviam se misturado. Nesse ponto, era um discípulo do Velho Incendiário, e exigia, como ele, uma nova seleção. Prezava, como todo teórico grosseiro, as tendências científicas da moda e se dedicava com especial empenho à arqueologia. Não era arguto o bastante para suspeitar que a nossa pá irremediavelmente desencava apenas as coisas que já se encontram em nosso espírito e, como tantos outros antes dele, estava certo de ter descoberto o primeiro sítio da espécie humana. Estivemos presentes à reunião em que ele relatou as suas escavações, e ouvimos dele que descobrira uma meseta num deserto distante. Ali, sobre uma extensa planície, elevavam-se pedestais de pórfiro – eles haviam sido poupados da erosão e se dispunham no terreno como bastiões ou ilhas rochosas. Braquemart subira a seu topo e avistara no altiplano ruínas de castelos de reis e templos do sol cuja idade ele tomava por pré-histórica. Depois de descrever as suas particularidades e as suas medidas, acrescentou a esse quadro a paisagem restante do lugar. Assinalou os pastos verdes e férteis em que, tão longe quanto a vista podia alcançar, os pastores e os lavradores viviam com seus rebanhos. Dizia ainda que, mais acima, assentados sobre as torres de pórfiro e envoltos num fausto purpúreo, encontravam-se ninhos de águias – os primeiros senhores deste mundo. Ele fazia passar diante de nossos olhos embarcações de toldo púrpura, as quais desciam um rio há muito desaparecido e, em sua descrição, visualizava-se uma centena de remos a mergulhar na água, com a regularidade dos insetos; ouviam-se ainda as batidas do gongo e o zunido dos açoites que caíam sobre o lombo dos miseráveis escravos da galé. Essas imagens eram dignas de Braquemart. Ele pertencia à casta dos sonhadores da concretude, a qual é deveras perniciosa.

O jovem príncipe parecia ausente, mas de modo inteiramente diverso ao de Braquemart. Ele não contaria muito mais que vinte anos, mas trazia, mesmo nessa idade, uma expressão de profundo sofrimento, o que nos afigurava um estranho antagonismo. Embora alto, mantinha-se muito encurvado, como se a estatura elevada o embaraçasse. Parecia mal ouvir o que falávamos, e eu tinha a impressão de que nele se uniam a idade avançada e a tenra mocidade – a velhice da linhagem e a juventude da pessoa. A decadência lançara raízes profundas em seu ser; nele se notava o legado de uma grandeza antiga e também o seu contrário – o modo como a terra age sobre toda herança, pois a herança é o patrimônio da morte.

A mim não surpreendia que, na última fase das lutas por Marina, a nobreza viesse a se apresentar, pois nos corações nobres pulsa vigorosamente o sofrimento do povo. Quando desaparece o sentimento da moral e do direito, e o horror obscurece os sentidos, esgotam-se as forças do homem comum. Nas velhas estirpes, porém, reside o conhecimento da medida autêntica e verdadeira, e nelas irrompe o renovo da justiça. Por esse motivo todos os povos concedem a primazia ao sangue nobre. Eu havia deveras pensado que um dia homens armados levantar-se-iam dos castelos e dos burgos como fidalga liderança na luta pela liberdade. Mas, em vez disso, eu percebia naquele velho precoce – ele mesmo necessitado de apoio, e o seu olhar não deixava dúvidas a esse respeito – o quanto já nos precipitáramos na decadência. E, no entanto, parecia extraordinário que aquele sonhador fatigado se sentisse chamado a prover segurança. Assim, os mais fracos e os mais puros assumem os pesados fardos deste mundo.

Já à porta de entrada eu pressentira o que movera ambos a subir de lanterna baixa a encosta do eremitério, e irmão Otho parecia também intuí-lo, antes que se proferisse a primeira palavra. Braquemart pediu que discorrêssemos sobre a situação vigente, e irmão Otho descreveu-a de modo pormenorizado. Notava-se, pela maneira com que Braquemart seguia a explanação, que ele estava muito bem informado sobre as forças implicadas no conflito – o esclarecimento de uma situação até os seus mínimos detalhes é uma especialidade dos mauritanos. Ele já havia falado com Biedenhorn; apenas padre Lampros não lhe era conhecido.

O príncipe, ao contrário, mantinha-se em seu cansado devaneio. Mesmo a menção ao esfoladouro, que animava Braquemart, não parecia interessá-lo. Somente ao ouvir o relato sobre a profanação do *eburnum*, levantou-se enfurecido. Irmão Otho expôs de modo geral a opinião que tínhamos sobre o assunto e o comportamento que julgávamos adequado em relação a ele. Braquemart ouviu-o polidamente, mas com mal disfarçado desdém. Podia-se ler em seu semblante que ele nos tomava por débeis fantasistas, e que já firmara o seu juízo sobre a situação. Há situações em que cada um toma o seu próximo por um sonhador.

Pode parecer estranho que Braquemart quisesse fazer oposição ao velho nesse jogo, embora ambos se assemelhassem em seus esforços. Existe um erro em que recai amiúde o nosso pensamento: a idéia de que a igualdade do método abarca tanto a igualdade dos objetivos quanto a igualdade do desejo que se encontra por trás deles. Nesse caso, a diferença consistia no fato de que o velho ambicionava povoar Marina com feras, enquanto Braquemart considerava-a um chão apto a receber escravos e exércitos de escravos. Tratava-se essencialmente de um conflito interno entre mauritanos, que não pode ser aqui detalhado. Registre-se apenas que existe uma profunda diferença entre o niilismo final e acabado e a anarquia selvagem. Nessa luta decide-se a transformação da morada humana num deserto ou numa selva.

No que diz respeito a Braquemart, ele trazia bem pronunciados todos os traços de um arrematado niilismo. Eram-lhe características tanto a inteligência fria e desarraigada quanto a inclinação à utopia. Como todos os homens de sua espécie, ele compreendia a vida como um mecanismo de relojoaria e vislumbrava na violência e no horror a corda que põe em movimento o relógio da vida. Ao mesmo tempo ele se perdia na conceituação de uma segunda e artificiosa natureza; inebriava-se com o aroma de flores de imitação e com os prazeres de uma sensualidade encenada. A criação morrera em seu peito e fora reconstruída na forma de um carrilhão. Flores de gelo desabrochavam em sua fronte.

Ao vê-lo, era forçoso pensar na sentença profunda de seu mestre: "O deserto cresce – ai daquele que abriga desertos!".*

Tínhamos, contudo, certo apreço por Braquemart. Não porque se mostrasse corajoso, pois quando o homem se assemelha às pedras, diminui o mérito que se sustenta na bravura. Era, sobretudo, um sofrimento sutil que o tornava digno de estima – a amargura do homem que perdeu a salvação. Ele procurava vingar no mundo a sua dor, como a criança que num estado de frívola excitação destrói todo um canteiro de flores. Braquemart não poupava nem mesmo a si próprio e penetrava com fria coragem nos labirintos do horror. Quando perdemos o sentido da pátria, buscamos os mundos longínquos da aventura.

Ao pensar, ele buscava reproduzir a vida e acalentava a idéia de que o pensamento devia exibir unhas e dentes. Suas teorias, porém, pareciam um destilado a que não se juntavam as verdadeiras forças vitais; faltava-lhes o primoroso ingrediente da fartura, sem o qual todos os pratos se tornam insípidos. A aridez predominava em seus planos, embora sua lógica fosse irretocável. O som harmônico do sino desaparecia através de uma fissura. Em Braquemart o poder se apoiava quase exclusivamente no pensamento e muito pouco na *grandezza*, na *désinvolture* inata. Nesse quesito ele era superado pelo monteiro-mor, que trazia a violência como se portasse um velho casaco de caça, que se torna tanto mais confortável quanto mais se encharca de sangue e de lama. Por isso, eu tinha a impressão de que Braquemart estava prestes a se lançar numa aventura infame. Num embate como esse os indivíduos que se pautam pela ética sempre foram abatidos pelos homens de espírito prático.

* Citação dos *Ditirambos de Dionísio*, de Friedrich Nietzsche. [N.T.]

Braquemart provavelmente pressentia a sua fraqueza diante do velho e, por essa razão, trazia consigo o jovem príncipe. Parecia-nos, entretanto, que este urdia tramas absolutamente distintas. Dessas diferenças originam-se amiúde alianças de estranho feitio. Talvez fosse o príncipe que usasse Braquemart, como a canoa que se usa para atravessar o rio. O seu corpo débil abrigava um acentuado pendor para o sofrimento, mas ele mantinha, em sonhos e quase sem pensar, a direção segura. Quando a trombeta conclama ao ataque, os grandes guerreiros levantam-se para a batalha, mesmo quando se encontram feridos de morte.

Mais tarde, irmão Otho e eu pensamos muitas vezes naquela conversa, a qual se dera sem os auspícios de uma boa estrela. Mal o príncipe abria a boca e Braquemart tecia impaciente as suas considerações, nas quais se reconhecia o homem versado na técnica. Percebia-se que ele zombava intimamente de nossos arrazoados, e sem que deixasse escapar uma única palavra sobre seus planos, inquiria-nos sobre a situação das florestas e das pastagens. Mostrava-se igualmente sequioso de detalhes sobre a aventura e a queda do adepto Fortúnio. De suas perguntas, deduzíamos que planejava explorar o terreno e agir, e pressentíamos que iria aumentar a desgraça, operando como um médico perverso. Não se tratava de acaso ou mera aventura o fato de que o velho começasse, juntamente com seus Lêmures, a sair da escuridão das florestas e a entrar em ação. No passado esse tipo de gente fora logo despachado, tal como se faz com os trapaceiros; doravante o seu fortalecimento significava uma profunda alteração na ordem, na saúde e no bem-estar do povo. Tratava-se, portanto, de se tomarem as devidas providências – e para isso eram necessários ordenadores e novos teólogos, que pudessem identificar com clareza, até as suas raízes mais profundas, o mal que se alojava nas manifestações visíveis. Só então poder-se-ia desferir o golpe com a espada consagrada, a qual penetra a escuridão como um raio. Os homens deviam se unir, portanto, numa congregação mais clara e mais forte do que nunca – como se juntassem um novo tesouro de legitimidade. Vive-se de modo singular quando se deseja percorrer apenas uma curta distância. Aqui, porém, tratava-se da vida, da liberdade e da dignidade humana. Braquemart, que tencionava pagar o velho na mesma moeda, fazia pouco desses planos. Havia perdido o respeito por si próprio, e é assim que se inicia toda a desgraça entre os homens.

Conversamos em vão, quase até o amanhecer. Quando não nos entendíamos por palavras, o silêncio se encarregava de dizer muita coisa. Antes de tomar uma decisão, os espíritos conferenciam, como fazem os médicos à beira do leito do paciente. Um deseja ir logo à faca, o outro quer poupar o doente, e um terceiro conjectura remédios de outra natureza. Mas o que significam a sabedoria e a vontade do homem se a queda já está escrita nas estrelas? E, no entanto, mesmo diante da batalha perdida, o conselho de guerra se reúne.

O príncipe e Braquemart pretendiam visitar a terra das pastagens naquele mesmo dia, e uma vez que não queriam condução ou companhia, recomendamos uma visita ao velho Belovar. Nós os acompanhamos até os degraus da escada do penhasco e nos despedimos com a formalidade que se requer quando o encontro se realiza sem calor e termina sem produzir os frutos esperados. A esse quadro acrescentou-se ainda uma cena muda. Quando partiam, à primeira luz da manhã, os nossos visitantes quedaram-se subitamente parados e nos observaram em silêncio por um longo tempo. Sobressaía já o frescor matinal, hora em que, por um breve instante, as coisas se tornam visíveis como se rebrotassem de sua origem – novas e prenhes de segredos. O príncipe e Braquemart encontravam-se envoltos por essa aura. Parecia-me que Braquemart perdera o ar de superioridade desdenhosa e sorria humanamente. O jovem príncipe, por sua vez, empertigara-se e mirava-nos cordialmente, como se detivesse a solução do enigma que nos intrigava. O silêncio durou ainda um longo tempo; irmão Otho tomou então a mão do príncipe e curvou-se profundamente.

Depois que os perdemos de vista no cimo dos penhascos, fui, antes de me deitar, rever o lírio-dourado. Os delicados estames haviam sido tocados, e o fundo auriverde do cálice estava coberto de pólen purpúreo. Haviam-no certamente espalhado as grandes borboletas-da-noite, em sua revoada nupcial.

Assim, cada hora verte a sua doçura e a sua amargura. E enquanto eu me curvava sobre os cálices orvalhados da flor, ouvia-se nas matas longínquas o primeiro grito do cuco.

21.

Passamos a manhã apreensivos, enquanto o carro permanecia parado à nossa porta. Durante o desjejum, Lampusa entregou-nos um bilhete de Filóbio, e vimos que a visita da véspera não lhe passara despercebida. Pedia-nos que convidássemos sem demora o príncipe ao mosteiro. Lampusa retardara de modo funesto a entrega da missiva.

Ao meio-dia, chegou Belovar para nos informar que o jovem príncipe e Braquemart haviam aparecido bem cedo em sua fazenda. Braquemart havia-o inquirido sobre determinados pontos nas matas, enquanto examinava um pergaminho colorido. Eles partiram e Belovar enviou gente sua para que os seguisse. Ambos haviam se enfurnado na floresta, na região entre o Corno do Carrasco e a Mata do Touro Vermelho.

A notícia causou-nos grande apreensão. Melhor seria se houvessem partido junto com os filhos e servos do velho, como lhes havia sido recomendado. Conhecíamos o princípio de Braquemart segundo o qual ninguém se impõe com mais força do que o solitário que age com seus próprios meios, e achávamos possível que ambos quisessem pagar uma visita ao velho príncipe sanguinário, a fim de afrontá-lo. Mas eles caíram nas redes do poder demoníaco, e havíamos pressentido que a negligência de Lampusa guardava relação com as cordas que puxavam essas redes. Pensávamos no destino de Fortúnio, que fora um homem de grande talento e que conhecera bem as florestas antes de se enfronhar mata adentro. Era exatamente o seu mapa o que estava em mãos de Braquemart, depois de algumas peripécias. Nós o havíamos procurado depois da morte de Fortúnio e soubemos que ele se encontrava sob a guarda de caçadores de tesouros.

Ambos acorriam ao perigo – despreparados e sem ter quem os guiasse, como se embarcassem numa aventura. Seguiam como metades de homem – de um lado, Braquemart, o absoluto técnico do poder, que sempre via os fragmentos e jamais as raízes das coisas; de outro, o príncipe Sunmyra, o espírito nobre que conhecia a correta ordenação das coisas, mas que se assemelhava a uma criança adentrando a floresta onde uivam os lobos. Parecia-nos, porém, plausível que padre Lampros pudesse modificá-los e uni-los profundamente, da maneira como se dá nos mistérios. Descrevemos a situação num bilhete e o enviamos por meio de Erio ao mosteiro da Falcífera.

Estávamos preocupados desde a chegada do príncipe e de Braquemart, mas agora víamos as coisas com mais clareza. Sentíamos que elas se aproximavam de seu clímax e que haveríamos de nadar como se estivéssemos a enfrentar o torvelinho da estreita garganta de um rio. Ponderamos que era chegada a hora de ter à mão o espelho de Nigromontano e resolvemos extrair-lhe a chama enquanto o sol ainda oferecesse os seus préstimos. Subimos ao balcão e, por meio do disco cristalino, acendemos a lâmpada no fogo celeste, segundo os preceitos do rito. Vimos com grande contentamento que a chama azul baixava e guardamos o espelho e a lâmpada no nicho em que se encontravam os lares.

Estávamos ainda a trocar nossas roupas quando Erio retornou com a resposta do monge. Ele havia encontrado o padre em suas orações e este entregou-lhe prontamente um escrito, antes mesmo de ter lido o nosso bilhete. É assim que se transmitem as ordens há muito seladas e prontas para o despacho.

Vimos que a mensagem vinha pela primeira vez assinada com o nome de Lampros e trazia o brasão com o dístico "tem motivo a minha paciência". Também pela primeira vez não se falava das plantas. Tratava-se de um pedido do padre, redigido em poucas palavras, para que eu me pusesse à procura do príncipe e cuidasse dele, com a advertência de que eu não saísse desarmado.

Impunha-se que eu me apressasse e, enquanto falava rapidamente com irmão Otho, eu vestia o casaco de caça, roupa velha e há muito fora de uso, acostumada a toda sorte de perigos. O eremitério por certo não estava bem guarnecido de armas. Havia apenas uma espingarda acima da lareira, dessas que se usam na caça ao pato, arma de curto alcance. Havíamo-la utilizado em nossas viagens para atirar em répteis que associam o seu couro duro à tenacidade e que resistem menos a uma chuva de granizo que ao tiro da carabina. Ao mirá-la, veio-me à lembrança o odor almiscarado que chega ao caçador nas matas ribeirinhas, quando ele se aproxima dos pontos onde os grandes lagartos saem das águas. Nas horas em que a terra e a água se confundiam no lusco-fusco do entardecer, colocávamos um grão de prata no cano da espingarda. Esse era o único objeto da casa que podíamos denominar uma arma. Tomei-a, portanto, e irmão Otho cingiu-me com o grande bornal de couro, em cuja aba dispunham-se laços para os pássaros abatidos, e em cujo interior havia um cinto onde se guardavam os cartuchos.

Numa tal azáfama, sempre acabamos por apanhar a primeira coisa que se oferece à vista. Padre Lampros me recomendara o porte da arma, sobretudo, como um signo de liberdade ou de hostilidade – assim como aquele que, ao chegar com flores, demonstra a sua amizade. O valoroso sabre que eu portara quando estivera entre os cavaleiros purpúreos encontrava-se na casa paterna, no setentrião longínquo. Agora, contudo, eu não me valeria dele. Ele fulgira em batalhas atrozes, quando a terra tremia sob os cascos dos cavalos e o peito se enchia de orgulho. Houvera-o sacado durante o galope que começava manso e embalador, durante o qual as armas tiniam suavemente, para em seguida soar de modo cada vez mais forte, enquanto os olhos escolhiam o adversário em meio à tropa inimiga. Também fiara-me dele no momento do combate a dois, quando se via a vasta planície em convulsão e muitas selas já se apresentavam vazias. Havia golpes que se abatiam sobre a concha do florete francônio e sobre o copo do sabre escocês – mas havia também aqueles em que o punho que segura a espada podia sentir a débil resistência oferecida por aquele ponto em que a lâmina corta a vida. Porém, todos aqueles guerreiros – e mesmo os filhos livres das linhagens bárbaras – eram espíritos nobres, que abriam o peito à espada por amor da pátria, e em sua honra haveríamos de levantar os cálices num banquete, assim como se faz em homenagem a irmãos. Os valorosos deste mundo traçam os limites da liberdade na batalha – e não se pode usar contra carrascos e lacaios de carrascos as armas que se sacaram contra os valentes.

Despedi-me apressadamente de irmão Otho e de Erio, tomando por sinal de bom agouro que o menino me observasse com serena segurança. Pus-me então a caminho, com o velho pastor.

22.

Caía a noite quando chegamos à grande fazenda. De longe, percebíamos o alvoroço que reinava no lugar. Os estábulos rebrilhavam à luz das tochas e fremiam sob o mugido das reses, que eram tangidas para dentro a toda a pressa. Encontramos pastores armados e soubemos por eles que outros se achavam em pastos distantes na Campanha, onde cuidavam de proteger o gado. Na fazenda, encontramos Sombor, o primogênito do velho pastor, um gigante de barba ruiva, que portava um açoite com esferas de chumbo nas pontas. Ele dizia que por volta do meio-dia houvera agitação na floresta, advertindo-se sinais de fumaça e barulho. Depois disso surgiram grupos de vermes-de-fogo e de caçadores nos pântanos que bordejam o Corno do Carrasco, e eles haviam desviado um rebanho que se encontrava num pasto afastado. Sombor fora capaz de recuperar ainda nos pântanos uma parte das reses e, nessa faina, identificara grupos de monteiros, de modo que já se esperava uma operação bélica. Nesse ínterim seus espias haviam descoberto em outros pontos, tais como a borda da Mata do Touro Vermelho e mesmo às nossas costas, a presença de grupos de batedores e homens isolados.

A boa sorte trouxera-nos até a fazenda antes que o cerco nos apartasse dela.

Diante de tal situação eu não poderia esperar que Belovar me acompanhasse na incursão à floresta e achava natural que ele se ocupasse dos seus e de sua herdade. Mas eu de fato não conhecia o velho lutador o bastante, nem o seu afã em acudir os amigos. Ele jurou na mesma hora que podiam queimar a casa, o estábulo e o celeiro, mas ele não me deixaria dar um só passo sozinho, e entregou a fazenda aos cuidados do filho. Ao ouvir essas palavras, as mulheres, que já retiravam da casa os bens mais preciosos, tocaram rapidamente a madeira e nos rodearam com seus lamentos. A velha aproximou-se de nós e tocou-nos com as mãos, da cabeça aos pés. Seus dedos encontraram resistência em meu ombro direito, mas numa segunda passada eles correram por ali sem dificuldade. Contudo, ao tocar a fronte do filho, sobressaltou-se e cobriu o rosto. A jovem esposa lançou-se então ao peito do velho com um grito agudo de dor, como o que se ouve na hora do luto.

Mas o velho não se comovia com lágrimas de mulher, quando se tratava de guerrear e a embriaguez da luta já lhe ia anuviando os sentidos. Como um nadador que reparte as ondas, ele abriu caminho com os braços e, em voz alta, conclamou os filhos e os servos à luta. Separou um pequeno grupo de homens para si, deixando o restante sob o comando de Sombor, para a defesa da fazenda. Escolheu somente aqueles que já houvessem matado um adversário nas disputas entre os clãs – quando estava de bom humor, chamava-os de "meus pequenos galos". Seus homens vestiam gibão e chapéu de couro e dispunham daquela equipagem excêntrica que se mantinha desde épocas remotas no paiol das herdades. À luz das tochas viam-se alabardas, clavas e pesadas hastes que traziam machados afiados e lanças de bordos serrilhados. Havia ainda piques, aríetes e toda sorte de gazuas bem apontadas. Com esse aparato o velho esperava combater e expulsar a seu bel-prazer a malta que vinha da floresta.

Abriram-se então os canis, onde matilhas uivavam e se alvoroçavam – os esguios perdigueiros e os pesados molossos, com os respectivos latidos, agudos e graves. Os animais saltaram dali, ofegando e rosnando, e encheram o pátio, tendo à frente o pesado cão-de-fila Leontodon. Este pulou sobre Belovar e, ganindo, pôs as patas sobre seus ombros, embora o velho fosse alto como um gigante. Os criados deixaram os cães beber à vontade e despejaram no chão o sangue contido numa vasilha de imolação, para que o lambessem.

Belovar orgulhava-se de ambas as matilhas, e, em boa medida, haviam sido elas as responsáveis pela proteção contra as maltas dos pinheirais, as quais guardaram durante anos uma boa distância dos domínios do velho. Para compor a matilha dos cães ligeiros ele havia criado o célere galgo das estepes, com o qual o cachorro árabe partilha a toca e cujo filhote é amamentado por sua fêmea. Nesses corpos de galgo, via-se o traçado de cada músculo com tamanha nitidez que eles pareciam ter sido dissecados por um anatomista, e o seu movimento era tão irrefreável que, mesmo em sonhos, um permanente tremor lhes percorria o corpo. Entre todos os animais velozes apenas o leopardo podia superá-lo na corrida, e isso tão-somente nas carreiras de curta distância. Eles perseguiam a sua presa aos pares, quebrando-lhe a coluna e abocanhando-lhe os ombros. Havia ainda predadores solitários, que mordiam a vítima no pescoço e seguravam-na até que chegasse o caçador.

Para a matilha pesada o velho criava o dogue molosso, um animal magnífico, de pelagem amarelo-clara e listrada de negro. O destemor visceral dessa raça tornava-se ainda mais acentuado pelo cruzamento com o dogue tibetano, que lutava na arena romana com o auroque e o leão. Sua linhagem patenteava-se pelo tamanho, pelo porte orgulhoso e pela cauda que ostentavam como um estandarte. Quase todos esses molossos traziam arranhaduras no dorso – lição dos golpes desferidos por um urso acuado. O urso gigante, quando saía da floresta para ir aos pastos, tinha de se manter bem próximo à borda da mata, pois se os perdigueiros o alcançassem e o acuassem, viriam os outros cães e o dilacerariam antes que o caçador tivesse tempo de lhe desferir o último golpe.

No pátio interno, havia grande balbúrdia, os cães rosnavam e as terríveis mandíbulas cintilavam nas bocas vermelhas. As tochas faiscavam, as armas tiniam, e ouvia-se o lamento das mulheres, que esvoaçavam pela casa como pombas assustadas. Ali imperava um tumulto que entusiasmava o velho. Com a mão direita ele cofiava prazerosamente a barba e, com a esquerda, embalava o largo punhal atado ao lenço vermelho da cintura. Ele portava ainda um machado de dois gumes, preso ao pulso por uma corrente.

Os servos lançaram-se então sobre os cães, vestindo luvas de couro que chegavam até os ombros, e os atrelaram com correntes cor de coral. Saímos pelos portões com as tochas apagadas, atravessamos o último marco da fazenda e seguimos rumo à floresta.

A lua já nascera, e à sua luz entreguei-me àquela sorte de pensamento que nos assalta na hora da incerteza. Despontavam lembranças de magníficas alvoradas em que cavalgáramos na vanguarda das tropas, enquanto ouvíamos o coro dos jovens cavaleiros no frescor da manhã. Naqueles tempos, sentíamos o coração palpitar de alegria e todos os tesouros deste mundo pareciam-nos insignificantes diante da volúpia que se avizinhava na luta renhida e gloriosa. Ah, que diferença entre aqueles momentos e o presente, em que eu via reluzir, sob a pálida luz da noite, armas comparáveis a garras e chifres de monstros. Entramos na floresta dos Lêmures, lugar destituído das leis e do direito humano, de onde não se poderia auferir nenhuma honra. Naquele momento, senti a futilidade do brilho e da glória, e uma grande amargura.

Todavia, consolava-me a idéia de que eu não me encontrava sob o feitiço de uma aventura encantada, como se dera na primeira vez ao procurar por Fortúnio. Antes, eu me envolvera numa causa justa, e era chamado à luta pela suprema força do espírito. Decidi-me por não me entregar nem ao medo e nem à soberba.

23.

Ainda nas proximidades da fazenda, dividimo-nos em dois grupos. Enviamos espias à frente e, atrás deles, as parelhas de perdigueiros, enquanto a tropa principal fechava a marcha, com a matilha pesada. A lua estava tão clara que era possível ler à sua luz; poderíamos vigiar com facilidade todos os grupos de nossa gente enquanto estivéssemos nos pastos. À nossa esquerda, víamos as lanças escuras que os três choupos desenhavam e, à frente, a escura massa do Corno do Carrasco, de maneira que, sem esforço, nos certificávamos da direção a ser seguida. Caminhávamos para o arco em que as foices do Corno do Carrasco dão lugar ao alto arvoredo.

O meu lugar era ao lado do velho vingador, junto à matilha ligeira, e nós observávamos atentamente a vanguarda da tropa. Quando ela alcançou o cinturão de juncos e amieiros que delimitava o pântano, vimos os seus homens pararem surpresos e, em seguida, penetrarem numa pequena abertura. Mal tinham desaparecido de nossa vista quando ouvimos um estalo sinistro, como se viesse de uma garganta de ferro, acompanhado de um grito de agonia. Os espias corriam de volta ao campo aberto, e avançávamos a seu encontro para saber o que se passara.

A clareira em que os espias haviam entrado estava coberta por giestas e urzes, que subiam até a altura do joelho. A lua banhava-a de luz, e em seu centro apresentava-se uma cena pavorosa. Como um animal apanhado de surpresa, um dos jovens servos encontrava-se pendurado pela braçadeira de ferro de uma armadilha. Seus pés mal tocavam o chão, a cabeça e os braços pendiam para trás, baixando até a relva. Corremos até ele e percebemos que fora apanhado por uma arapuca-de-parvos – nome que o velho* dava às pesadas armadilhas que ele dispunha nas trilhas humanas. A borda afiada da braçadeira despedaçara-lhe o tronco – bastava um olhar de relance para ver que não lhe havia restado qualquer possibilidade de salvação. Juntaram-se vários braços para esticar a corda e liberar o corpo daquelas garras. Descobrimos então que a braçadeira era provida de afiados dentes de aço azulado, assemelhando-se à mandíbula de um tubarão e, depois de depositar o corpo sobre o urzedo, fechamo-la novamente com todo o cuidado.

Era de se imaginar que olhos atentos vigiassem a armadilha, e de fato enquanto rodeávamos calados a vítima da cilada ignóbil, ouvimos rumores nas moitas próximas, e um riso alto e irônico soou na calada da noite. Havia alvoroço no pantanal, semelhante ao de gralhas que são importunadas em seu dormidouro. Ouviam-se o estalo de galhos que se partiam e ruídos de rastejo – e um cicio soava ao longo das valas escuras, onde o velho mantinha os seus abrigos para a caça ao pato. Ao mesmo tempo ressoavam assovios e vozes desordenadas no pântano, como se um bando de ratos estivesse a conspirar ali. Ouvíamos a canalha animar-se por meio dos gritos que costumam incitá-la a se atrever à lama do esgoto

* O velho: aqui, novamente, o epíteto se aplica ao monteiro-mor. [N.T.]

e dos *bagnos* – exaltava-se ao se assegurar de sua superioridade numérica. Parecia, de fato, constituir uma franca maioria, pois de todos os lados escutávamos as canções insolentes das corporações de maganos. Muito perto de nós cantavam os de La Picousière. Pisavam ruidosamente o pântano e coaxavam como rãs:

Cathérine a le craque moisi,
Des seins pendents,
Des pieds de cochon,
*La faridondaine.**

E das altas giestas, do juncal e das moitas de salgueiro respondia-se a seu canto. Em meio a esse tumulto, víamos esverdeados fogos-fátuos a dançar sobre as poças, e as aves aquáticas se afastavam num vôo assustado.

Entrementes a tropa principal chegara, trazendo a matilha pesada, e notávamos que diante dessa fantasmagoria ela poderia hesitar. Foi então que o velho Belovar ergueu a voz com vigor:

"Avante, rapazes, avante! A canalha não prevalecerá. Atentai, contudo, às armadilhas!"

Ao proferir estas palavras, e sem mais detença, ele deu início à marcha, com as lâminas de seu duplo machado cintilando à luz da lua. Os servos seguiam-no ansiosos pela caça aos que haviam armado as ciladas. Em pequenos grupos, abríamos caminho no mato e no juncal, e inspecionávamos o chão o melhor que podíamos. Procurávamos, assim, as sendas dispostas entre os pequenos lagos, observando as ninféias que luziam em seu espe-

* Em francês: "Cathérine tem a xota mofada,/ Peitos caídos,/ Pés de suína,/ A vagagundinha." [N.T.]

lho escuro, e rastejávamos por entre juncos secos cujas espigas soltavam a sua lanugem. Logo passamos a ouvir vozes muito próximas e recebemos uma saraivada de balas, que zuniram rentes à nossa cabeça. Chegara a hora de açular os perdigueiros cujo pêlo se eriçava enquanto os seus olhos brilhavam como brasa. Então eles foram soltos e, ganindo de contentamento, dispararam feito setas brancas na escuridão da noite.

O velho tivera razão ao dizer que o bando não nos faria oposição – os cães mal tinham iniciado o ataque, quando ouvimos clamores, que logo se perdiam na mata, seguidos pelo barulho da matilha, que se guiava por seu rastro. Prosseguimos em passo acelerado e vimos que, além do silvado, havia um pequeno pântano turfoso no qual o chão se aplanava feito uma eira. A canalha havia se refugiado nessa superfície do terreno e esforçava-se por salvar a pele, correndo em direção à mata fechada. Somente se safavam aqueles que não eram flagrados pelos perdigueiros. Muitos deles caíam no cerco dos cães e tinham de se entregar. Como alvas chamas no reino dos condenados os animais os rodeavam e saltavam cobiçosos sobre eles. Aqui e ali alguns dos fugitivos caíam nas armadilhas e jaziam no chão paralisados, e, rosnando, os cães os prendiam pelo pescoço.

Em seguida os servos liberaram a matilha pesada, que, aos uivos, disparou noite adentro. Vimos como os cães derrubavam as suas vítimas e puxavam, de um e de outro lado, os que procuravam se defender. Os servos vinham atrás e desferiam o golpe de misericórdia. Como no inferno, não havia piedade. Os servos se debruçavam sobre os corpos estendidos e arremessavam aos cães a sua recompensa. Depois, com muito esforço, voltavam a acorrentá-los.

Chegando ao pântano, encontrávamo-nos já nos umbrais do pinheiral trevoso. O velho Belovar estava de bom humor – gabava os servos e os cães pelo trabalho e distribuía aguardente. Depois disso, exortou-nos a uma nova investida, antes que os bandos fugitivos pudessem propagar um sinal de alerta na floresta, e ordenou que se abrisse uma brecha na densa mata à sua volta. Não estávamos muito distantes daquele ponto em que irmão Otho e eu havíamos entrado, quando procurávamos pelo heléboro-vermelho. Planejamos então iniciar o nosso ataque pelo esfoladouro.

Logo a abertura se apresentava larga como o portão de um celeiro. Acendemos as tochas e adentramos a floresta como se imergíssemos numa garganta escura.

24.

Os troncos vermelhos das árvores coruscavam à luz do fogo e a fumaça das tochas subia verticalmente, em fios delicados, que se entrelaçavam no alto, formando um baldaquim no ar remansoso. Avançávamos numa frente ampla que, por causa dos caules caídos, ora se adensava, ora se dispersava. Porém, com a luz das tochas, vigiávamo-nos atentamente. Para assegurar o caminho de volta, o velho trouxera sacos de greda branca, com a qual ele assinalava a nossa marcha num traçado alvacento. Assim ele nos garantia um escape seguro.

Os cães seguiam na direção do esfoladouro, atraídos que eram pelo cheiro de infernos e de sangue. Guiados por eles, galgávamos o caminho e avançávamos com facilidade. Vez ou outra um pássaro deixava seu ninho nas altas copas e voava, batendo pesadamente as asas. E bandos de morcegos volteavam inaudíveis o lume dos archotes.

Logo, imaginei ter reconhecido o cerro que ficava nas proximidades da clareira; a luz tênue de um braseiro o revelava. Paramos e ouvimos vozes que se aproximavam. Elas, entretanto, não se apresentavam tão presunçosas quanto aquelas que ouvíramos no pântano. Parecia que grupos de caçadores guardavam a floresta, e Belovar considerou dar cabo deles, como o fizera há pouco com o bando de gatunos. Optou pelo ataque com os perdigueiros, dispondo-os em linha, como se estivessem numa raia de corrida, para então liberá-los quais projéteis reluzentes na noite. Enquanto os cães percorriam ofegantes o seu caminho no mato, ouvimos assovios mais acima e um uivo, como se o próprio Exército Furioso* surgisse para receber a matilha. Ela ia de encontro aos sabujos que o monteiro-mor mantinha em seus canis.

Fortúnio havia-me certa vez falado desses brutais mordedores – falara de sua força e de sua ferocidade, em histórias que beiravam a fábula. O monteiro-mor cruzara-os com o dogue cubano, que tem o corpo vermelho e a cara preta. Os espanhóis adestravam esses mutiladores, com o intuito de que dilacerassem os índios, e introduziram-nos em todos os lugares onde houvesse escravos e feitores de escravos. Com o seu auxílio subjugou-se a revolta dos negros da Jamaica, que se haviam armado e já prevaleciam. A sua visão era decerto aterradora, pois os insurgentes, que haviam desdenhado o ferro e o fogo, renderam-se tão logo os caçadores de escravos desembarcaram com seus cães. O líder da matilha vermelha era Chiffon Rouge, o cachorro dileto do monteiro-mor, pois descendia em linhagem direta do cão de caça Becerillo, cujo nome se associara de modo tão funesto à conquista de Cuba. Conta-se que seu dono, o capitão Jago de Senazda, deixava-o despedaçar índias capturadas como um regalo para os olhos de seus convidados. A história humana retorna sempre ao ponto em que ameaça degenerar na pura substância demoníaca.

* Exército Furioso: no original, "*Wilde Heer*". Trata-se, na mitologia germânica, de um exército espectral que combate nos céus, freqüentemente acompanhado por lobos. Wotan (ou Odin) é o seu líder. [N.T.]

Ao ouvir esse grito terrível, percebemos que a nossa matilha ligeira se perdera, antes mesmo que pudéssemos enviar-lhe socorro. A sua linhagem puro-sangue, que enfrentava a luta até a morte e abominava a fuga, impunha-lhe agora uma rápida aniquilação. Ouvimos as matilhas vermelhas morderem após o embate, e, na medida em que o seu uivo emudecia diante de sua avidez pelo couro e pela carne, o sonoro latido dos galgos se abafava num ganido.

O velho Belovar, que num átimo sacrificara os seus nobres animais, começou a vociferar e a praguejar; não podia mais liberar os molossos, pois eles constituíam agora a carta mais valiosa no jogo incerto. Ele conclamou os seus servos a bem se prepararem e eles esfregaram o peito e o beiço dos grandes animais com aguardente de meimendro, e envolveram-lhes o pescoço com coleiras de pontas protetoras. Outros prendiam as tochas em galhos secos para clarear o campo de batalha.

Isto se passou num piscar de olhos. Mal tínhamos tomado posição, quando a matilha vermelha caiu sobre nós, como uma tempestade. Ouvimo-la irromper das moitas escuras e saltar sobre o círculo iluminado pela luz abrasada das tochas. À frente estava Chiffon Rouge, em cujo pescoço cintilava um leque de lâminas afiadas. Ele mantinha a cabeça abaixada e, raivoso, balançava a língua rente ao chão; seus olhos brilhavam, enquanto espiava de baixo para cima. De longe viam-se-lhe as presas brilhantes, das quais o par inferior despontava sobre os beiços como presas de javali. O monstro, a despeito de seu peso, dava saltos ligeiros, num bailado de través, como se desdenhasse, em virtude de sua força desmedida, o ataque direto. E atrás dele aparecia o restante da matilha, num desenho vermelho e preto iluminado pelas tochas.

À vista dessa cena ressoaram gritos de terror e de chamamento pelos molossos. Vi o velho Belovar voltar-se apreensivo para os seus grandes cães. Os briosos animais, contudo, viam-se atraídos pela outra matilha e mantinham-se impávidos, conservando os olhos fixos no objeto à sua frente e as orelhas empinadas. Então, o velho riu para mim e deu o sinal: como se fossem disparados por uma corda muito distendida, os dogues amarelos voaram na direção dos vermelhos. Na dianteira Leontodon saltou sobre Chiffon Rouge.

Em meio aos gigantescos caules expostos à luminosidade vermelha havia uivos e júbilo, como se o Exército Furioso ali passasse, e um ardente desejo de matança se disseminava. Parte dos animais atracava-se e dilacerava-se dissolvida em massas escuras; outros se acossavam uns aos outros, traçando um largo círculo em torno de nossa posição. Procurávamos intervir no massacre cujo bramido enchia os ares, mas era difícil fustigar os dogues vermelhos com estocadas e tiros, sem que atingíssemos também os molossos. Apenas ali, onde a luta se travava imediatamente à nossa volta, era possível discernir os animais, apontar para um alvo determinado e atingi-lo, como se atirássemos em pássaros. Certifiquei-me então da absoluta correção na escolha de minha arma. Eu me afastara para visar as máscaras negras e estava seguro de que, ao apertar o gatilho, o animal se estiraria no chão, sem um espasmo sequer.

Do outro lado também zuniam tiros faiscantes e percebíamos que da arena, em torno da qual os animais corriam, disparava-se contra os molossos. Desse modo a escaramuça semelhava uma caçada que se fechava de modo elíptico em torno de dois pontos de fogo, com a matilha pesada lutando sobre o eixo mais curto. No transcorrer do embate o campo de luta se iluminava por meio de colunas de fogo, pois o mato seco ardia em chamas rutilantes, ali onde as tochas eram derrubadas ao chão.

Logo se viu que os molossos sobrepujavam os sabujos, não tanto pela força da mordida, mas sobretudo pelo peso e poder de ataque. Contudo, os dogues vermelhos eram maioria. Parecia que o outro lado ainda enviava novas matilhas à luta, pois ficava cada vez mais difícil acudir os nossos. O sabujo fora treinado para acossar o homem, a melhor de todas as presas, do ponto de vista do monteiro-mor. Quando o número dos molossos já não bastava para confrontar o inimigo, deixamos de nos ocupar com a luta dos cães para pensar em nossa própria segurança. Saindo das moitas escuras ou da fumaça do mato em chamas, um ou outro dos animais vermelhos atirava-se agora sobre nós e havia gritaria. Tínhamos de cuidar para que nos mantivéssemos a uma distância segura dos animais. Não obstante, alguns desses cães eram apanhados pelas lanças dos servos, e outros, quando já se debruçavam sobre a sua vítima, eram golpeados pelo duplo machado do velho Belovar.

Vimos então os primeiros sinais de terríveis ferimentos. Parecia-me que os gritos dos servos tornavam-se mais enérgicos e nervosos – em tais circunstâncias um meio-tom, como um choramingo, anuncia que se beira o desespero. A esse clamor juntavam-se o uivo das matilhas, o estampido dos tiros e o crepitar das chamas. Ouvimos então um riso imperioso e altissonante ecoar no pinheiral, revelando que o monteiro-mor entrava em ação. Nessa risada soava a terrível jovialidade do caçador de homens, cioso de sua coutada.* O velho pertencia ao grupo dos grandes senhores que se regozijam quando se lhes opõe resistência. O terror era o seu elemento.

* Coutada: no original, "*Revier*". Na acepção de *Jagdrevier*: pedaço de floresta ou campo destinado à caça. [N.T.]

Nesse tumulto o sangue subia-me às têmporas, e eu era dominado por forte emoção. Foi então que me veio à lembrança, como sói acontecer em tais circunstâncias, a imagem do velho armeiro Kerkhoven, um pequeno flamengo de barba ruiva, que me treinara no exército. Ele costumava dizer que um tiro de boa pontaria superava dez outros disparados de modo apressado. O bom armeiro incutiu-me a lição de manter o dedo indicador estendido e respirar com calma, quando se aproximasse o momento da batalha, no qual o horror se dissemina – pois aquele que soubesse respirar seria o mais forte na luta.

Assim ressurgia a memória de Kerkhover, pois toda a verdadeira doutrina é obra do espírito, e a imagem dos bons mestres nos acode na hora do aperto. E tal como se passara naqueles tempos em que eu servira no setentrião distante e me postara diante de um alvo, eu agora me sentava para respirar lentamente e sentia como o olhar se aguçava e o peito se livrava de toda a opressão.

Nosso maior infortúnio era o fato de que a fumaça inundava o campo da luta no momento em que o inimigo começava a prevalecer. Os guerreiros isolavam-se e a situação tornava-se incerta. Os dogues vermelhos atacavam-nos de distâncias cada vez mais curtas. Por mais de uma vez, surpreendi Chiffon Rouge aproximando-se de minha posição, mas o monstro sagaz, assim que eu me preparava para atacar, buscava cobertura. Nesse momento, fui tomado pelo ímpeto de perseguir a caça, e o afã de abater o dogue predileto do monteiro-mor levou-me a persegui-lo. Vi-o, porém, desaparecer novamente na fumaça, que passava por mim feito um largo ribeirão.

25.

Em meio à densa fumarada eu flagrava a fera aqui e ali, mas de modo muito vago e apenas de relance, de maneira que eu não podia disparar um tiro certeiro. Imerso naquele torvelinho, imagens enganosas me confundiam, e assim eu acabei por ficar parado, espreitando indeciso. Ouvi então um estalido de gravetos atrás de mim, e me ocorreu a idéia de que a besta poderia ter feito um desvio com o fito de me atacar por trás. Para me proteger, ajoelhei-me atrás de uma sarça, mantendo a espingarda à minha frente.

Em tais situações os nossos olhos costumam fixar-se em coisas insignificantes e desse modo eu vi, no lugar em que me ajoelhava, uma ervinha que florescia em meio à folhagem seca: reconheci ali o heléboro-vermelho. Eu me encontrava certamente no lugar a que viéramos, irmão Otho e eu, perto do topo do cerro, junto ao esfoladouro. E de fato, com uns poucos passos, alcancei a lombada do monte, que emergia qual uma ilha acima da fumaça.

Vi, imerso numa luz muito fraca, o arroteamento do esfoladouro, e, em seguida, a minha atenção se viu atraída por um incêndio no fundo da floresta. Lá, pude ver, diminuto e como que tramado por filigranas vermelhas, um castelo com merlões e torres circulares posto a arder nas chamas. Recordei-me de que o lugar fora assinalado no mapa de Fortúnio como o "Palácio Meridional", e o fogo me dizia que o ataque do príncipe e de Braquemart havia de ter chegado até os portais do castelo – como sempre acontece à vista de feitos audazes, experimentei um sentimento de imensa alegria naquele instante. Contudo, lembrei-me também do riso triunfal do monteiro-mor e olhei para o esfoladouro. Assombrou-me a visão da infâmia que ali reinava.

Os fogos que alumiavam o esfoladouro ainda ardiam, mas estavam cobertos por uma camada de cinza branca, semelhante a uma cúpula de prata. O seu brilho incidia sobre a cabana de esfolagem, a qual se encontrava bem aberta, e tingia de vermelho o crânio pendurado no frontão. A partir de vestígios que não quero descrever, presentes no chão em volta das fogueiras e no interior daquele antro sinistro, deduzia-se que os Lêmures haviam realizado uma de suas festas horripilantes cuja reverberação se fazia ainda presente. Nós, homens, defrontamos um tal cenário de horror com a respiração suspensa, como se mirássemos o precipício através de uma fenda no alto rochedo.

Digo apenas que os meus olhos descobriram, junto a cabeças velhas e já desencarnadas, duas novas, fixadas no alto de estacas – eram as cabeças do príncipe e de Braquemart. Presas a pontas de ferro, das quais uns ganchos se retorciam, as cabeças contemplavam a brasa que se extinguia. O cabelo do príncipe estava embranquecido, mas achei os seus traços ainda mais nobres, revestidos daquela beleza sublime que apenas o sofrimento pode gerar.

Diante desse quadro irromperam-me as lágrimas – lágrimas, contudo, em que o entusiasmo se une admiravelmente à aflição. Naquela máscara pálida, em que a pele esfolada pendia lacerada, e que do alto do cepo do martírio olhava para baixo, esboçava-se a sombra de um sorriso de suprema doçura e serenidade. Conjecturei o modo pelo qual, nesse dia, passo a passo, este homem fora deixando a fraqueza para trás – como os farrapos trazidos por um rei que se disfarça de mendigo. Comovi-me profundamente, pois compreendi que ele fora sumamente digno de seus antepassados vencedores de monstros; ele abatera em seu peito o medo do dragão. Afiancei-me de algo sobre quê eu alimentara amiúde muitas dúvidas: ainda restavam nobres entre nós, em cujos corações o conhecimento da grande ordem estava vivo e se confirmava. E, assim como o digno exemplo nos atrai para o seu séquito, diante dessa cabeça jurei preferir doravante a queda junto aos homens livres a triunfar na companhia de escravos.

Os traços de Braquemart, porém, pareciam-me absolutamente inalterados. Do alto de sua estaca ele mirava o esfoladouro com desdém e um quê de contrariedade, demonstrando uma tranqüilidade forçada, como aquele que ao ser acometido por uma cãibra se esforça por não alterar o semblante. Eu não me surpreenderia se ele ainda portasse o monóculo que usara em vida. O seu cabelo permanecia negro e reluzente, e concluí que ele havia ingerido a tempo a pílula que todos os mauritanos carregam consigo. Trata-se de uma cápsula de vidro colorido que se carrega no anel e se leva à boca na hora do perigo. Basta uma mordida para esmagar a cápsula, que contém um veneno excepcionalmente eficaz. Esse é o procedimento que, na expressão dos mauritanos, configura o recurso à terceira instância – correspondente ao terceiro grau da violência – que é relacionada à imagem que esta ordem forjou sobre a dignidade do homem. Mantém-se assim a honra do ameaçado, que suporta uma violência menor, esperando-se de cada mauritano que esteja a todo instante preparado para o chamado da morte. Foi esta, portanto, a última aventura de Braquemart.

Presenciei a cena assombrado, sem saber por quanto tempo eu fiquei ali diante dela. Era como se eu estivesse fora do tempo; imergi num devaneio durante o qual me esqueci da proximidade do perigo. Nessas situações, caminhamos através da ameaça como que dormentes – descuidados, mas próximos do espírito das coisas. Como um sonâmbulo, adentrei o arroteamento do esfoladouro e, como num transe, as coisas tornaram-se claras, sem que se apresentassem externas a mim mesmo. Como no mundo encantado das crianças, elas me eram familiares e, à minha volta, os pálidos crânios nas altas árvores olhavam-me de modo inquisitivo. Ouvi projéteis sibilarem na clareira – o zumbido grave das flechas disparadas pelas bestas e os tiros cortantes das carabinas. Passavam tão rentes à minha cabeça que espanavam-me o cabelo nas têmporas. Eu, contudo, os ouvia como uma melodia profunda que me acompanhava e ditava o ritmo de meus passos.

Sob uma luz argêntea, caminhei até aquele lugar funesto e curvei para baixo a estaca que portava a cabeça do príncipe. Tomei-a com ambas as mãos e recolhi-a no bornal de couro. Enquanto, ajoelhado, eu executava essa tarefa, senti uma dura pancada no ombro. Um tiro decerto me atingira, mas eu não sentia dor nem via sangue em meu casaco de couro. Tão-somente o braço direito pendia paralisado. Como se acordasse de um sono, olhei ao redor e, portando o grande troféu, corri de volta à floresta. Eu deixara a espingarda ali onde encontrara o heléboro-vermelho; agora, porém, ela de nada serviria. Sem pestanejar, retornei ao lugar onde eu deixara os que lutavam.

A clareira tornara-se absolutamente silenciosa e as tochas não mais ardiam. Apenas ali, onde os silvados haviam sido envoltos pelas chamas, restava o brilho vermelho da brasa. Por meio dele meus olhos adivinhavam no chão escuro os corpos dos guerreiros e dos cães abatidos; eles se encontravam mutilados e terrivelmente desfigurados. No meio, ao pé de um alto carvalho, jazia Belovar. Sua cabeça fora partida e o sangue tingira sua barba branca. O duplo machado e o largo punhal que a sua mão direita ainda segurava apresentavam-se também encarnados. A seu lado encontrava-se o fiel Leontodon, com a pele estropiada por tiros e estocadas, e, ainda ao morrer, ele lambia a mão de seu dono. O velho havia pelejado bravamente, pois à sua volta jazia uma roda de homens e cães abatidos. Ele encontrara uma morte à sua altura, tragado pelo torvelinho da caçada vital, em que caçadores vermelhos dão caça a presas vermelhas, no meio de florestas onde a morte e a volúpia estão profundamente entrelaçadas. Fitei longamente os olhos do amigo e com a mão esquerda despejei-lhe um punhado de terra sobre o peito. A grande mãe, cujas festas selvagens e sedentas de sangue ele havia celebrado, orgulha-se certamente de um filho assim.

26.

Para sair da escuridão da floresta e alcançar as pastagens, eu tinha apenas de seguir as pistas que havíamos deixado no caminho, e assim eu percorri absorto a trilha branca.

Achava estranho que eu tivesse permanecido junto aos mortos durante o massacre, e interpretei isso como uma alegoria – encontrava-me ainda sob o encanto dos sonhos. Aquele estado não me era inteiramente desconhecido; experimentara-o antes, durante a noite, em dias nos quais a morte rondara por perto. Em tal situação, pela força do espírito, saímos um pouco de nossos corpos e andamos como que acompanhando a nossa própria imagem. Todavia, eu jamais desvendara esses enigmas de um modo tão certeiro quanto naquele momento na floresta. Enquanto seguia o rasto branco em devaneio, eu observava o mundo como se ele fosse banhado pelo brilho sombrio do ébano, no qual figurinhas de marfim se refletissem. Atravessei assim o pântano que beira o Corno do Carrasco e, não longe dos altos choupos, adentrei a Campanha.

Lá chegando, reparei assombrado que o céu estava iluminado por um clarão ominoso. Nas pastagens reinava uma agitação sinistra, e vultos passavam por mim apressados. Talvez fossem os servos que haviam escapado ao massacre, mas eu evitava chamá-los, pois muitos deles pareciam tomados por uma embriaguez furibunda. Outros atiçavam o fogo, e eu ouvi o calão dos maganos de La Picousière. Dentre eles, havia grupos que retornavam à floresta, carregando os despojos do saqueio. A mata que orlava a Floresta do Touro Vermelho encontrava-se iluminada por uma luz muito forte, e o grito das mulheres se misturava aos risos oriundos de um banquete triunfal.

Cheio de maus presságios, corri à casa da fazenda e, já de longe, percebi que Sombor, juntamente com os seus, fora abatido pelos bandos da floresta. O rico povoado ardia em chamas, as quais haviam devorado a armação do telhado da casa, do estábulo e do celeiro. Os vermes-de-fogo dançavam e uivavam em volta do fogo. O saque corria solto, os bandidos haviam rasgado a roupa de cama e usavam-na como sacos onde metiam os despojos. Vi grupos banquetearem-se com as provisões da casa; eles abriam os barris repletos e bebiam de seus próprios chapéus.

Os assassinos entretinham-se com a farra da glutonaria, situação que me favorecia, pois eu vagava em seu círculo como um sonâmbulo. O fogo, a matança e a embriaguez nos cegavam, e eles se moviam como animais que se vêem no fundo de águas turvas. Passavam muito perto de mim, e um deles, que carregava um chapéu de feltro cheio de aguardente, estendeu-o com ambos os braços e seguiu o seu caminho praguejando depois que recusei sua oferta. Caminhei no meio deles sem ser molestado, como se eu fosse dotado da *vis calcandi supra escorpiones*.*

Ao deixar as ruínas da casa da fazenda, vi algo que fez aumentar ainda mais o meu horror. Parecia-me que o calor das chamas se atenuava atrás de mim, menos em virtude da distância do que

* *Vis calcandi supra escorpiones*: em latim, "a força que espezinha os escorpiões". [N.T.]

pelo efeito de um vermelho novo e mais obstinado que se elevava no firmamento. Essa área das pastagens não estava de todo acalmada – eu via reses dispersas e pastores em fuga, e de longe chegava o barulho da matilha vermelha, que parecia se acercar. Apertei o passo, embora o coração se confrangesse diante do terrível anel de fogo a que eu me atirava. Vi então os penhascos de mármore surgirem sombrios, como negros recifes em meio a um oceano de lava. E enquanto ouvia os cães às minhas costas, escalei a toda pressa o cimo alcantilado, de cujas bordas, extasiados, os nossos olhos haviam tanta vez fruído a beleza deste mundo – um mundo que se cobria agora com o manto purpúreo da aniquilação.

As altas chamas revelavam o grau da destruição, e ao longe, em torno de Marina, antigas e belas cidades reluziam em sua queda. Elas cintilavam em meio ao fogo, como uma corrente de rubis, e o seu reflexo emergia enrugado das profundezas escuras da água. As vilas e as aldeolas também queimavam no restante do país, e o fogo consumia os imponentes castelos e os mosteiros. As chamas erguiam-se no ar tranqüilo sem fazer fumaça, como se fossem palmeiras douradas cuja coroa vertia uma chuva de fogo. Acima desse remoinho de faíscas pairavam bandos de pombas e de garças que se avermelhavam à luz do fogo. No meio da noite elas abandonavam o juncal e voavam em círculos, até que a sua plumagem fosse envolta pelas chamas e elas despencassem sobre o fogo, quais lampiões acesos.

Como se o ar se tivesse esvaído daquele espaço, não se ouvia um único ruído que chegasse lá de baixo, e o espetáculo se dissolvia num silêncio terrível. Eu não ouvia o choro das crianças, nem o clamor das mães, nem o brado de guerra dos clãs, nem o mugido do gado que ficara nos estábulos. De todos os horrores da destruição o clarão dourado era o único sinal que subia até os penhascos. Assim, incendeiam-se mundos distantes, para que o olhar se encante com a beleza do fim.

Não pude escutar, igualmente, o grito que me subiu à garganta. Apenas intimamente, como se as chamas também me envolvessem, eu ouvia os estalos do mundo ígneo. Essa crepitação delicada era tudo o que eu escutava, enquanto os palácios desmoronavam, e dos armazéns do porto os sacos de aniagem subiam bem alto para se desfazer em fagulhas incandescentes. Foi então que o paiol do Portão do Galo explodiu, abrindo uma fenda na terra. O pesado sino, que há milhares de anos adornava o campanário e cujos tons haviam acompanhado na vida e na morte uma multidão inumerável, começou a arder. De início a sua cor era escura, mas foi-se tornando cada vez mais clara, até que ele finalmente despencou, derruindo a torre. Vi ainda o frontão do templo das colunas arder num fulgor vermelho, e, de seus altos pedestais, as estátuas dos deuses inclinavam-se e caíam silenciosas no braseiro. Diante desse mar de fogo, fui tomado, pela segunda vez e de modo ainda mais intenso, pelo torpor dos sonhos. Nesses momentos, podemos ver muita coisa ao mesmo tempo, e assim eu percebi a matilha e a malta da floresta aproximando-se continuamente. Os cães estavam quase à beira dos penhascos, e eu ouvia, a intervalos, o latido grave de Chiffon Rouge, que se fazia acompanhar pelo uivo da matilha. Nesse transe, contudo, eu não lograva sequer levantar os pés e trazia um grito engasgado na garganta. Apenas ao divisar os animais, fui capaz de me mover, mas o feitiço não se desfazia. Assim, pareceu-me que eu descia as escadas do penhasco de um modo muito suave, como se meus pés mal tocassem o chão, e transpus com um salto ligeiro a sebe que cercava o jardim do eremitério. Atrás de mim, numa formação compacta, o Exército Furioso descia com estrépito o apertado caminho da falésia.

27.

Ao saltar, tropecei na terra macia dos canteiros de lírio e vi assombrado que o jardim se iluminava de um modo singular. As flores e os silvados luziam num tom azul, como se fossem pintados em porcelana e se animassem por meio de uma palavra mágica.

Mais acima, no pátio defronte à cozinha, Lampusa e Erio tinham o olhar absorto nos incêndios. Irmão Otho estava no balcão, vestindo trajes solenes; ele espreitava a escada do penhasco, pela qual a malta da floresta e seus cães precipitavam-se numa torrente. Como um bando de ratos, os agressores já se esgueiravam pela sebe e, de punhos cerrados, golpeavam o portão do jardim. Percebi que irmão Otho sorria, enquanto examinava, à altura de seus olhos, a lâmpada de cristal de rocha, na qual dançava uma flâmula azul. Ele parecia não se dar conta de que o portão rebentara sob os golpes dos açuladores dos cães e que a horda sombria irrompia entusiasmada sobre os canteiros de lírio, tendo à sua frente Chiffon Rouge, em cuja coleira cintilavam as lâminas afiadas.

Aflito, ergui a voz para chamar irmão Otho, que ainda estava no terraço, como que a espreitar a noite. Ele, contudo, parecia não me ouvir, pois se virou sem mover os olhos e adentrou o herbário, tendo a lâmpada à mão. Ele agia como um irmão exemplar – em face da destruição ele consagrava a obra a que dedicáramos nossas vidas e ignorava o perigo que me constrangia fisicamente.

Chamei então por Lampusa, que se encontrava de braços cruzados à entrada da cozinha da falésia. Olhei-a de relance; a luz do fogo iluminava o seu semblante, e um sorriso enraivecido descobria-lhe os dentes enquanto ela observava o tropel. A sua imagem revelava que dela não se podia esperar piedade. Enquanto eu gerasse filhos às suas filhas e derrotasse o inimigo com a espada, eu era bem-vindo. Qualquer um podia servir-lhe de genro, desde que fosse o vencedor, e ela desprezava todo aquele que se encontrasse debilitado.

Foi Erio quem me veio em socorro, quando Chiffon Rouge se apresentou para o bote. O menino apanhou a tigelinha de prata, que ainda se achava no pátio para a oferenda às cobras. Bateu-lhe, não com a costumeira colher de pau de pereira, mas com um garfo de bronze. O golpe produziu um tom semelhante a um riso, que paralisou os homens e os animais. Senti que as fendas nos pés do penhasco estremeciam, e o ar se encheu de múltiplos e delicados assovios. Uma luz intensa irrompeu no brilho azul do jardim e, fulgurantes, as jararacas abandonaram as suas gretas. Elas deslizavam sobre os canteiros como reluzentes cordões de açoite, e o seu movimento revolvia as pétalas das flores. Ergueram-se então lentamente até atingirem a altura de um homem, formando um círculo dourado no chão. Balançavam a cabeça em pesados movimentos pendulares, e os dentes, que se preparavam para o ataque, cintilavam letalmente, como sondas feitas de um vidro encurvado. Durante essa dança um sibilo suave cortava o ar, como o do ferro em brasa que se esfria n' água, e podia-se ouvir uns estalidos córneos nos canteiros, semelhantes às castanholas das dançarinas mouras.

Envolvida por essa dança de roda a malta da floresta quedou-se petrificada, com os olhos arregalados de pavor. A que mais alto se elevava era a *Grifa*; ela se pôs a balançar diante de Chiffon Rouge e o rodeava como se estivesse a brincar com suas próprias formas sinuosas. O monstro acompanhava, tremente e de pêlo eriçado, aquelas circunvoluções bailarinas. Pareceu então que a *Grifa* lhe roçou delicadamente a orelha, e o cão, tomado pela agonia da morte, mordeu a língua, revolvendo-se em meio à florada de lírios.

Esta foi a senha para que o grupo das dançarinas avançasse sobre as suas presas. Juntas, elas formavam um círculo dourado de trama tão cerrada, que um único corpo escamoso parecia envolver os homens e os animais. Soava igualmente único o grito de morte que escapava dessa rede apertada, sufocado pela força do veneno. Em seguida, o cintilante emaranhado se desfez, e as serpentes retornaram às suas fendas num movimento tranqüilo.

Em meio aos canteiros, que agora se apresentavam cobertos por cadáveres escuros e edemaciados pelo veneno, elevei os olhos para Erio. Vi-o ao lado de Lampusa, que o conduzia terna e orgulhosamente cozinha adentro, e ele acenou para mim sorridente, enquanto o portão da falésia se fechava com um rangido atrás deles. Senti, nesse momento, que o sangue percorria as minhas veias num ritmo mais compassado. O encanto que me havia subjugado desaparecera e eu movia a mão direita livremente. Apressei-me então para entrar no eremitério, pois temia por irmão Otho.

28.

Ao atravessar a biblioteca, encontrei os livros e pergaminhos na mais perfeita ordem, do modo como costumamos deixá-los quando partimos numa longa viagem. A mesa redonda do átrio portava as imagens dos lares, que estavam ricamente guarnecidos de flores, vinho e comida. O ambiente estava arrumado de maneira solene e se iluminava pelas longas velas do cavaleiro Deodato. Senti-me sobremodo acolhido ao encontrar a sala assim, festivamente decorada.

Enquanto eu examinava esse arranjo, surgiu irmão Otho, descendo do herbário, cujas portas estavam inteiramente abertas. Abraçamo-nos e compartilhamos as nossas aventuras, como fizéramos outrora, nos intervalos da guerra. Quando lhe contei a maneira como havia encontrado o jovem príncipe e tirei o despojo do bornal, o seu rosto se enrijeceu. Enquanto lhe sobrevinham as lágrimas, uma estranha luz banhava o seu semblante. Com o vinho que se achava em meio às oferendas, limpamos o sangue e o suor de agonia que cobriam a cabeça, depositando-a numa das grandes ânforas aromáticas, na qual luziam as pétalas de lírios brancos e de rosas de Shiraz. Irmão Otho encheu duas taças com o velho vinho e, depois de oferecer a libação, nós as esvaziamos e as quebramos no pé da lareira. Celebramos assim a nossa despedida e, entristecidos, deixamos a casa que se havia tornado uma roupa quente para a nossa vida espiritual e para a nossa amizade. Tínhamos, contudo, de abandonar o refúgio que um dia nos acolhera.

Atravessamos o portão do jardim e corremos em direção ao porto. Eu segurava a ânfora com ambos os braços, e irmão Otho aninhava no peito o espelho e a lâmpada. Ao chegarmos à curva de onde subia a trilha que conduzia ao mosteiro da Falcífera, paramos e contemplamos a nossa casa. Víamo-la à sombra dos penhascos, com seus muros brancos e seu amplo telhado de lousa, o qual refletia palidamente o brilho distante do fogo. O terraço e o balcão envolviam os muros claros como fitas escuras. Esse era o modo como se edificava nos belos vales onde, nas encostas meridionais, habitava a nossa gente.

Enquanto fitávamos o eremitério, as suas janelas clarearam-se e uma chama elevou-se de seu frontão até o alto dos penhascos. A cor desse fogo, de um profundo azul escuro, comparava-se à da flâmula do espelho de Nigromontano, e a sua coroa era crenada como o cálice da genciana. Víamos a colheita de muitos anos de trabalho ser consumida pelos elementos, e, juntamente com a casa, a nossa obra tornava ao pó. Não podemos contar com a perfeição neste mundo – bem-aventurado aquele que não se entrega de modo tão obstinado a seus esforços. Não se constrói uma só casa, nem se traça um único plano que não tenha por pedra fundamental a sua queda; e não é em nossa obra que reside a nossa fração de imortalidade. Isto se evidenciou de maneira cabal naquelas chamas, mas também havia alegria naquele fulgor. Com as forças renovadas, seguimos o nosso caminho. Estava ainda escuro, mas a friagem da manhã já subia dos vinhedos e dos prados à beira-mar. Os nossos corações sentiam que no firmamento o fogo perdia um pouco de seu poder aziago – a aurora insinuava-se lentamente.

Na encosta da montanha incendiava-se o mosteiro de Maria Lunaris. As chamas alteavam-se na torre, de tal forma que a sua cornucópia dourada ardia, girando como cata-vento sobre o pináculo. O alto vitral que ladeava o altar da imagem despencara e padre Lampros aparecia em sua moldura vazia. Às suas costas via-se um bruxuleio, qual o de uma lareira. Corremos então até o fosso do mosteiro para chamar o sacerdote. Ele estava ricamente paramentado e em seu semblante insinuava-se um sorriso que jamais houvéramos visto, como se a rigidez que sempre nos assombrara se distendesse agora por meio do fogo. Ele parecia espreitar, mas sem ouvir os nossos gritos. Tirei da ânfora a cabeça do príncipe e a ergui com a mão direita. Ao mirá-la, tivemos um calafrio, pois a umidade do vinho havia-lhe colado as pétalas de rosa, e assim ela parecia reluzir num esplendor purpúreo e sombrio.

Uma outra imagem, porém, nos absorvia: a roseta, que em sua redondeza intacta fechava o arco do vitral, resplandecia num brilho verde, e a sua forma se apresentava estranhamente familiar. Parecia-nos que a sua imagem fora prefigurada naquela tanchagem que Padre Lampros nos mostrara uma vez no jardim do mosteiro – agora, revelavam-se as relações ocultas daquela cena.

Quando ergui a cabeça, o padre voltou-se para nós; ele acenava e apontava alguma coisa com vagar, como se aquela fosse a hora da *consecratio*.* Em seguida ele ergueu a mão em que a

* *Consecratio*: em latim, "consagração". [N.T.]

grande coralina ardia em fogo, num gesto que sinalizava a iminência de uma violência terrível. Vimos então a roseta se desfazer em fagulhas douradas, e, juntamente com o arco, a torre e a cornucópia caíram sobre ele.

29.

O Portão do Galo tombara, e nós abrimos caminho em meio a suas ruínas. As ruas estavam cobertas por restos de muro e de vigamento, aos quais se juntavam cadáveres. Distinguíamos vultos sombrios na fumaça fria, mas uma nova esperança se reanimava em nosso coração. A manhã dá conselhos, e o mero retorno da luz, depois da longa noite, nos maravilhava.

Naquele sítio de ruínas as antigas desavenças desapareciam como lembranças de uma bebedeira estúpida. Nada restara senão a desventura, e os combatentes haviam deposto as bandeiras e as insígnias. Havia ainda bandos de saqueadores nas ruas do entorno, mas por ali já circulavam duplas de mercenários. Nas proximidades do torreão, encontramos Biedenhorn, que os dividia em grupos e se dava ares de suma importância. Ele vestia uma couraça de ouro, mas não portava o capacete e se vangloriava de ter adornado os pinheiros-de-natal, ou seja, ele havia enforcado as primeiras vítimas que lhe caíram às mãos nos olmeiros defronte ao baluarte. De acordo com o seu hábito marcial ele se entrincheirara durante os tumultos. Agora que a cidade estava destroçada, ele aparecia e desempenhava o papel de homem prodigioso. De resto, estava bem informado, pois no topo da rotunda da fortaleza tremulava o estandarte do monteiro-mor, a vermelha cabeça do javali.

Parecia que Biedenhorn já havia bebido bastante, pois se apresentava naquele estado de bom-humor raivoso que o tornava tão querido de seus mercenários, exultando com a idéia de que os escribas, fazedores de versos e filósofos de Marina tivessem doravante matéria com que trabalhar. Ele abominava, tanto quanto o cheiro da cultura, o vinho e a sua espiritualidade. Apraziam-lhe as cervejas pesadas da Britânia e dos Países Baixos, e ele tomava a gente de Marina por comedores de caramujos. Pândego e beberrão, acreditava piamente que todas as dúvidas deste mundo se resolviam pelo fio da espada. Nesse ponto, ele se assemelhava a Braquemart – era, porém, muito mais forte, porque desprezava a teoria. Gostávamos dele a despeito de sua rusticidade e apetite, pois se em Marina ele estava fora de lugar, não seria justo que, ao se confiar à raposa o cuidado das ovelhas, ela fosse cobrada pelos estragos havidos.

Por sorte Biedenhorn era um tipo cuja adiantada bebedeira reavivava a memória. Assim não foi preciso que nós lhe recordássemos aquele momento diante dos desfiladeiros em que ele e seus couraceiros se viram uma vez em apuros. Ele caíra numa emboscada e nós vimos os camponeses de Alta-Plana prestes a lhe abrir a armadura, assim como num banquete faustoso se quebra a casca do lavagante, que coroa a arte do cozinheiro. O ferro já lhe roçava a pele, quando nós, junto com os cavaleiros purpúreos, o liberamos com seus homens. Fora nesse entrevero que o jovem Ansgar caíra em nossas mãos. Biedenhorn conhecia-nos também de nossos tempos na Mauritânia – tudo isso contribuiu para que agisse com generosidade, quando lhe pedimos um navio.

Não era a hora da catástrofe dos mauritanos? Ele nos colocou à disposição o seu brigue, que estava ancorado no porto, e cedeu um grupo de seus mercenários para nos escoltar.

As ruas que levavam ao porto estavam repletas de fugitivos. Parecia, porém, que nem todos queriam deixar a cidade, pois víamos a fumaça das oferendas subir em meio às ruínas do templo, e dos escombros das igrejas ouvia-se o seu cântico. Na capela da Sagrada Família, pegada ao porto, o órgão fora poupado, e os seus tons conduziam, com vigor, o hino que a congregação entoava:

Príncipes são homens
Gerados de mulher.
Nascidos do pó, ao pó tornarão;
Suas batalhas de nada adiantam
Quando a cova recolhe os seus bens.
Se ninguém nos vem em socorro,
Rogamos a Deus o divino auxílio.

O povo se comprimia no porto, carregando o que restara de seus pertences. Os navios com destino à Borgonha e Alta-Plana estavam lotados, e gritos de lamento acompanhavam cada um dos veleiros que dali se afastava, enquanto a tripulação forçava suas varas contra a murada do ancoradouro. Em meio a essa desgraça, como que protegido por um tabu, balançava o brigue de Biedenhorn, amarrado a uma coluna negro-rubro-negra. A sua pintura azul-escura e as suas guarnições de cobre reluziam. Quando dei ordens para zarpar, os servos puxaram o encerado que cobria o estofo de couro dos bancos de descanso. Enquanto os piques dos mercenários afastavam a multidão, conseguimos trazer a bordo mulheres e crianças, até que o convés não estivesse mais que um palmo acima da linha d'água. Os servos puseram-se então a remar e a embarcação deixou a enseada protegida por muros. E assim, vingando o mar aberto, fomos apanhados por um vento fresco que nos impeliu na direção das montanhas de Alta-Plana.

Amanhecia e a água ainda estava fria. A superfície do mar parecia um vidro verde, cheio de estrias provocadas pelo turbilhão das águas. O sol elevava-se sobre os cumes pontiagudos das montanhas nevadas, e os penhascos de mármore emergiam ofuscantes acima da névoa que cobria as terras baixas. Olhávamos na sua direção e tocávamos a água que a luz do sol tornara azul, como se as sombras se tivessem recolhido às profundezas.

Mantínhamos a ânfora bem guardada. Não sabíamos ainda o destino que se reservara à cabeça que trazíamos, a qual foi entregue aos cristãos, quando eles reergueram de seus escombros a grande catedral de Marina. Eles a depositaram então em sua pedra fundamental.

Antes, porém, no palácio dinástico dos Sunmyras, irmão Otho celebrou-lhe o *eburnum*.

30.

Os homens de Alta-Plana acorreram às fronteiras quando os incêndios clarearam os céus. Por esta razão, divisamos o jovem Ansgar à beira-mar, antes mesmo do desembarque, e ele nos acenava com alegria.

Descansamos um pouco junto aos seus, enquanto ele enviava mensageiros a seu pai, e em seguida subimos lentamente o caminho para a fazenda do vale. Quando chegamos aos desfiladeiros, paramos diante do grande herôon e dos pequenos monumentos erigidos no campo. Reencontramos também o estreito em que havíamos resgatado Biedenhorn e seus homens – ali Ansgar nos estendeu a mão novamente e disse que, doravante, metade de tudo o que possuísse pertencia igualmente a nós.

Ao meio-dia, avistamos o solar por trás do bosque de carvalhos que o rodeava. Ao avistá-lo, sentimo-nos em casa. Como no norte, os celeiros, os estábulos e a casa achavam-se bem abrigados – tudo estava disposto sob o mesmo alto telhado, e uma cabeça de cavalo reluzia em seu largo frontão. As portas estavam bem abertas e a eira cintilava sob a luz do sol. Por sobre a manjedoura fitavam-na as reses, que nesse dia traziam os chifres adornados de ouro. O amplo átrio apresentava-se solenemente decorado, e, saindo do círculo de homens e mulheres que se encontravam à nossa espera, adiantou-se o velho Ansgar para nos receber.

Atravessamos então os portões abertos, como se nos acolhesse a paz da casa paterna.

Apêndice

Posfácio por Tercio Redondo

A breve narrativa *Nos penhascos de mármore* assinala um momento formidável na vida e na obra de Ernst Jünger, um dos maiores prosadores da língua alemã no século XX. Ela resulta de uma profunda revisão nos princípios estético-políticos que seu autor havia professado ao longo dos anos 1920 – um conjunto de idéias nacionalistas, lastreadas em grande medida na sua experiência como soldado na Primeira Guerra e na agitação social que se seguiu à queda do Império Alemão e à fundação da República de Weimar. A pesada indenização imposta à Alemanha pelo Tratado de Versalhes fomentava posições revanchistas de diversos matizes, e Jünger logo se engajou num projeto ultra-radical de superação das condições impostas pelas potências vencedoras do conflito. Em 1920 ele fazia sua estréia como escritor com o relato *Tempestades de aço* [*In Stahlgewittern*], um sumário de sua experiência como comandante de uma tropa de assalto no *front* ocidental e um primeiro apelo ao rearmamento da Alemanha subjugada.

Dois anos antes de publicar seu livro, Jünger retornava da guerra como soldado de um exército batido e desmoralizado, certo de que a derrota alemã fora o resultado vergonhoso de erros estratégicos cometidos nos altos escalões do Reich. Condecorado duas vezes com a Cruz de Ferro e, no fim da guerra, com a exclusivíssima medalha Pour le Mérite, Jünger logo abandonou o conforto de uma auspiciosa carreira militar para se engajar na batalha midiática em torno da causa nacionalista. Nos anos seguintes ele se tornaria uma das vozes mais atuantes da direita militarista, publicando artigos e resenhas. Seu objetivo declarado era a mobilização de todas as energias materiais e espirituais da nação, num projeto de recuperação e preparação para a desforra.

O jovem ex-combatente não militava, contudo, no seio de um partido ou facção determinados: seu engajamento pautava-se por uma idéia metafísica dos destinos da Alemanha. Segundo sua concepção, a guerra configuraria um fenômeno ontológico e constituiria o verdadeiro e inapelável impulso de toda transformação histórica, inclusive a que levaria a Alemanha a se soerguer e ocupar o lugar proeminente que lhe caberia no concerto das nações. Num texto de 1922, *Kampf als inneres Erlebnis* [A luta como experiência interior], Jünger frisava o caráter irrevogável da confrontação bélica, da qual alguns políticos e pacifistas inutilmente buscariam dissuadir a sociedade:

> Pois a guerra não está morta quando já não resta nenhuma vila ou cidade a arder em chamas. [...] Ela também não nasce do desejo de alguns homens de Estado e diplomatas, como muitos pensam. Tudo isso é apenas fachada. As verdadeiras fontes da guerra jorram profundamente em nosso peito, e todo o horror que por vezes inunda o mundo é apenas um reflexo da alma humana a se revelar por meio dos acontecimentos.

O jovem entusiasta da vitória bélica infelizmente não estava sozinho: toda uma geração de alemães havia se formado sob a égide da política imperialista traçada por Bismarck para a Alemanha recém-unificada. Em Hamelin, a cidade onde Jünger completou seus estudos secundários, um passar de olhos pelos temas de redação nas provas de habilitação para o ensino superior torna clara a lição que se ministrava aos estudantes nos anos que precederam a guerra: "Por que o Império Alemão deve possuir uma frota poderosa?" (1901), "Que significado têm as colônias para a pátria-mãe?" (1907), "Até que ponto as assim chamadas 'Guerras Santas' podem ser corretamente caracterizadas como tais, até que ponto não podem?" (1908).*

Nas vésperas da conflagração que ganharia proporções planetárias, mesmo figuras de proa do pensamento liberal ou de esquerda acabaram por aceder ao apelo marcial, juntamente com partidos políticos, lideranças religiosas e toda a sorte de agremiações incitadas pela propaganda do capitalismo expansionista do Império. O Partido Social-Democrata, traindo suas próprias convicções e empurrando para o matadouro os trabalhadores que pretensamente representava, avalizou no Parlamento os créditos de guerra solicitados pelo governo, e Max Weber, o exímio investigador das origens da economia moderna, aderia com fervor à fúria do tempo, endossando o sacrifício dos jovens enviados às trincheiras. Ao iniciar-se o conflito, o sociólogo figurava na sorte da mocidade alemã um gesto de superação da perda de transcendência em que incorrera a sociedade tecnológica:

* Temas e datas citados por Heimo Schwilk, *Ernst Jünger, ein Jahrhundertleben*. Munique/Zurique: Piper, 2007, p. 77.

> a morte no campo de batalha distingue-se da morte [em geral] pelo fato de que ali e, em sua maciça dimensão, ali somente, o homem pode acreditar saber que ele morre "por" algo – saber por que e para que ele deve enfrentar a morte.*

Tudo isso para dizer que nem só de chauvinistas empedernidos se servia a máquina ideológica de Guilherme II, a qual correspondia às necessidades de uma competição internacional feroz por mercados e colônias.

Assim, no início da década de 20, o ímpeto nacionalista de Ernst Jünger atingia seu clímax, e ele advogava a derrubada da democracia e a instauração de uma ditadura encabeçada por um *führer*:

> A verdadeira revolução ainda não se realizou, ela marcha inapelavelmente adiante. [...] seu estandarte é a cruz suástica; sua forma de expressão, a concentração da vontade num único ponto: a ditadura! Ela substituirá a palavra pela ação, a tinta pelo sangue, a frase pelo sacrifício, a pena pela espada.

Este ponto marca a coincidência máxima das idéias do articulista com o ainda pequeno mas hiperativo Partido Nacional-Socialista de Hitler e Goebbels. Porém, a aproximação com a estrutura partidária, que deveria sustentar no plano político suas reivindicações morais de levante nacional, teria vida curta. Depois da malograda tentativa de golpe de Estado capitaneada por Hitler, em 1923, o Partido Nacional-Socialista assumiu a via eleitoral

* Apud Helmuth Kiesel: *Wissenschaftliche Diagnose und dichterische Vision der Moderne. Max Weber und Ernst Jünger*. Heidelberg: Heidelberg, 1994, p. 10.

como nova estratégia de tomada do poder, lançando mão de todo tipo de expediente propagandístico, o que incluiu desde o início uma acerba campanha difamatória contra os judeus. Embora cortejado por Hitler para integrar as hostes nazistas, Jünger logo se distanciou do movimento, por ver na opção pelo voto democrático uma traição aos princípios da luta nacionalista e por não enxergar na questão racial um ponto de relevo na consecução da nova ordem social. Em artigo publicado em 1929, ele rejeitava o rumo legalista assumido pelo partido e ironizava seu anti-semitismo: "Não se trata de uma característica primordial do nacionalista, que ele, já no café-da-manhã, devore três judeus – o anti-semitismo não é para ele uma questão essencial".

Goebbels respondeu com um ataque veemente: "Não debatemos com renegados que povoam os sujos jornais de judeus traidores da pátria. O senhor Jünger acabou para nós".* Não obstante essa animosidade, na qual se destacava o ressentimento de Goebbels em relação ao prestígio autoral de Jünger, Hitler manteve seu empenho em atraí-lo para o partido, convidando-o a integrar uma lista de candidatos ao Parlamento nas eleições que levariam os nazistas ao poder, em janeiro de 1933. O convite não foi aceito e, da mesma forma, alguns meses depois, Jünger declinava de um assento na "depurada" Academia Prussiana de Artes. Muito tempo depois, já às vésperas da invasão da Polônia, o governo nacional-socialista fez uma última tentativa de cooptação do escritor: Ribbentrop, o ministro das Relações Exteriores, ofereceu-lhe um posto diplomático no estrangeiro, que foi igualmente recusado.

* Joseph Goebbels, "Rund um die Rotationsmaschine", in *Der Angriff* (27/10/1929), *apud* Heimo Schwilk, *op. cit.*, p. 344.

Jünger, ao longo da década de 30, não divergiu apenas das estratégias nazistas de ascensão ao poder: depois de uma luta de anos pela afirmação de uma germanidade superior, amparada em larga medida pelo domínio da ciência e da técnica, ele via finalmente ruírem suas expectativas em torno do surgimento de uma sociedade de super-homens, ajustados pelo convívio perfeito na terra prometida de uma Alemanha unida e insofreável. Na ditadura real, vivida sob a égide das SS e da Gestapo, só se podia ver o embrutecimento da juventude, os ritos bárbaros de iniciação à cegueira que sancionava o extermínio, a banalização cultural que repugnava ao olhar de quem mantivesse um espírito lúcido.

E ninguém estava seguro contra as garras do Estado totalitário, nem mesmo um herói nacional, respeitado em amplos círculos intelectuais, em seu país e no exterior. Em 12 de abril de 1933, pouco depois da tomada do poder pelos nazistas, a casa de Jünger foi revistada pela polícia, à cata de documentos que pudessem incriminá-lo perante as novas autoridades. Consciente de que sua posição política divergente atraía a si e à sua família o ódio de quem gozava doravante de poderes ilimitados, Jünger deixou no fim do ano a Berlim efervescente dos anos da República e se refugiou em Goslar, pacata cidadezinha na Baixa Saxônia. Nesse mesmo ano ele publicaria o volume *Blätter und Steine* [Folhas e pedras], um conjunto de epigramas, em meio aos quais se acentuava seu crescente repúdio ao arianismo – "A raça ruim será reconhecida por seu intuito em se elevar diante das outras raças e pelo esforço em rebaixá-las ao compará-las consigo mesma" –, passagem que foi suprimida pela censura na segunda edição da obra, ainda que um aforismo alusivo ao amordaçamento da opinião permanecesse: "O duelo refina os hábitos, como a censura o estilo".

O auto-exílio iniciado em Goslar e continuado noutras pequenas localidades constituía um novo estilo de vida para alguém que passava a assumir uma postura política cada vez mais pautada por valores humanistas, numa trajetória revisionista que o levaria também a uma franca aproximação com o cristianismo. Em dezembro de 1936, a família Jünger, agora com dois filhos, Ernstel e Alexander, transferia-se para Überlingen, pequena localidade às margens do lago de Constança, no extremo sul do país. A escolha do novo endereço fora motivada pelo desejo do escritor de se recolher a um clima mais ameno, distante dos rigores invernais do norte. Enquanto Gretha, sua mulher, organizava a transferência para a nova moradia, Jünger buscava estações ainda mais tépidas e partia em viagem de dois meses ao Brasil, carregando na bagagem os manuscritos de *Afrikanische Spiele* [Jogos africanos], romance publicado no ano seguinte.

Em 1939, Jünger iniciava a obra que caracterizaria definitiva e publicamente sua oposição ao regime hitleriano. Em fevereiro desse ano ele escrevia as primeiras páginas de *Nos penhascos de mármore*, trabalho encerrado em fins de julho, quando a família Jünger se encontrava mais uma vez domiciliada em nova cidade, Kirchhorst, nas proximidades de Hannover. Na primavera os ventos da guerra já sopravam sobre a Europa e urgia finalizar a obra. Em 16 de abril, olhando pela janela de seu gabinete de trabalho, ele constatava a premência da hora:

> vi canhões e mais canhões sendo conduzidos para o leste, quase como se dá na guerra, às vésperas de uma grande batalha. Nestas semanas os alemães avançam sobre a Boêmia, a Morávia e o vale do Neman, e os italianos sobre a Albânia. Todos os sinais indicam a guerra em curto prazo; procedo bem, portanto, ao persistir na idéia de que é preciso assentar o trabalho.

Deu-o por terminado em 28 de julho, conforme anotou em seu diário: "No fim da tarde, encerrei a escrita dos *Penhascos de mármore*. Parece-me que obtive um resultado mais ou menos à altura do que havia concebido". Daí por diante, era preciso revisar o texto e cuidar da delicada tarefa de publicá-lo. Levando em consideração seu desprestígio nas instâncias governamentais e a ousadia alegórica do livro em relação à situação nacional, não se podia contar com um destino favorável para a obra, ainda mais que o texto resvalava aqui e ali para alusões nada lisonjeiras a próceres do regime. Friedrich Georg, irmão e parceiro intelectual de Ernst Jünger, augurou um desfecho rápido para o processo: "Das duas uma: ou proíbem o livro dentro de duas semanas, ou nunca". Consta que Goebbels teria ficado furioso com o texto, mas Hitler, admirador da obra da juventude de Jünger, teria permitido a publicação e ordenado que seu autor não fosse molestado.

Em 26 de agosto, Jünger recebia em sua casa um comunicado já esperado:

> Às nove da manhã, enquanto eu lia Heródoto, deitado confortavelmente na cama, Louise trouxe a ordem de mobilização, segundo a qual eu deveria me dirigir a Celle, no dia 30 de agosto, o que não me surpreendeu, uma vez que eu vinha divisando mês a mês, semana a semana, o quadro da guerra.

Antes de se apresentar, Jünger foi promovido ao posto de capitão e partiu para um rápido curso de formação de oficiais da Wehrmacht. Nos intervalos das aulas e exercícios, ele prosseguia no trabalho de correção do manuscrito dos *Penhascos*, muito embora a situação em que se encontrava já não lhe fosse tão propícia à lide literária:

Do esforço que se faz para se obter a locução precisa, logo se depreende o quanto Ares é inimigo das musas. Mas de nada adianta exigir mais da vontade – para ela, os fardos que se dispõem na balança da prosa são demasiado leves, carecem de todo o peso.

Nos penhascos de mármore seria lançado no inverno de 1940, para surpresa geral, irritação nos meios oficiais e mutismo absoluto da imprensa.

Como boa parte da obra literária de Jünger, é difícil caracterizar o gênero a que se filia essa narrativa. O certo é que se trata de obra alegórico-simbólica. Jünger procurou justapor dados da realidade social alemã a elementos ficcionais, até mesmo como forma de burlar a censura, atribuindo nomes distintos aos apresentados pelos bois da vida real. Assim, na personagem do monteiro-mor reconhecem-se as figuras de Göring e Hitler; nos bandos da floresta, as tropas das SA e SS. No esfoladouro, pela descrição da ignomínia ali reinante, prefiguram-se os campos de concentração e extermínio nazistas, dos quais alguns já executavam o seu serviço macabro naquele ano de 1939. Braquemart, o niilista e apólogo da técnica a serviço da destruição, tem traços que o identificam a Goebbels, e o príncipe de Sunmyra, no papel de malfadado insurgente contra o monteiro-mor, antecipa o conde de Stauffenberg e outros oficiais alemães conjurados no atentado contra Hitler, em julho de 1944. No campo oposto, onde se acham as figuras mais solares do livro – a gente imbuída do desejo de preservar a civilização e defendê-la da barbárie –, apresentam-se o narrador e seu irmão Otho. Ambas as personagens se associam indubitavelmente a Ernst e Friedrich Georg Jünger, irmãos que cultivaram uma amizade profunda ao longo de toda a vida. Além de literato, Ernst teve formação naturalista e se tornou um entomologista amador de projeção internacional. Friedrich Georg foi poeta e ensaísta, tendo constituído obra importante em torno do pensamento de Nietzsche, de quem legou uma atilada monografia e textos de análise bastante originais. Nos *Penhascos* os irmãos cuidam, respectivamente, de um herbário e de uma biblioteca...

Também a geografia do livro recorda certas regiões européias, que logo mais seriam engolfadas pela guerra: ao norte dos rochedos de mármore, onde vive o duo fraterno, encontra-se a Campanha, uma terra de pastores que possuem cultura rudimentar e vivem em constante estado de agitação, sobretudo pela intervenção do monteiro-mor. Seus habitantes ostentam nomes de timbre eslavo, como Batak e Belovar, o que pode sugerir uma referência a povos da Europa oriental. Para além das divisas setentrionais da Campanha, localiza-se a floresta do Teutoburgo, denominação que não deixa dúvidas quanto ao lugar que lhe cabe no *mapa-múndi* da época. Ela configura o centro dos domínios do monteiro, de onde partem os agentes que se encarregam de levar o caos aos países vizinhos e lugar onde já se iniciara a eliminação física de seus oponentes. Ao sul, derramada aos pés dos penhascos, encontra-se a livre e culturalmente rica Marina, a qual ostenta um excepcional florescimento urbano, bem como uma religiosidade altamente refinada. Padre Lampros, místico e naturalista de velha estirpe, simboliza ali a união perfeita entre o cultivo da terra, o conhecimento científico da natureza e uma visão transcendental da vida. Marina ostentaria assim os caracteres culturais mais elevados de uma Europa à beira de irremediável cataclismo. E depois, muito além de tudo isso, localiza-se a terra indômita de Alta-Plana, o último refúgio de quem logrou escapar à desgraça – quiçá uma referência à Suíça, velha conhecida de tantos exilados.

Os elementos acima delineados compõem apenas o traço formal mais evidente do livro. Em camada mais profunda, a prosa dos *Penhascos* envolve considerações de ordem metafísica e tende a criar uma mitologia própria ou, melhor dizendo, busca atualizar heranças simbólicas que remontam, sobretudo, à Idade Média cristã. Jünger, cioso das qualidades literárias de sua obra e desejoso de preservar seu prestígio de escritor já consagrado, chegou mesmo a desconsiderar a importância do livro como peça de resistência política nos anos da ditadura. Nada parecia incomodá-lo mais do que a possibilidade de que sua prosa viesse a ser classificada como mero libelo antinazista. De fato, sua intuição lhe indicara um campo mais vasto de alternativas para o texto, como revela uma anotação em seu diário, datada de 5 de abril de 1939:

> É preciso evitar que o conto adquira caráter puramente alegórico. Ele deve ser capaz de se sustentar mesmo quando destituído de qualquer relação temporal, e é bom que passagens obscuras permaneçam nesse estado, quando o próprio autor não pode explicá-las.

Não seria possível aqui proceder ao exame dos problemas filosóficos e religiosos que se emaranham no texto, o qual, aliás, não pende para o debate de idéias, preferindo enunciá-las de modo aforístico e muitas vezes obscuro. Saliente-se, contudo, a grande dívida de Jünger em relação à obra de Nietzsche, autor com quem dialogou de forma sistemática e quase obsessiva no decorrer das quase oito décadas que perfazem sua carreira pública de escritor, iniciada em 1920, como se viu, e encerrada com a edição do volume que abarca seus últimos diários, em 1997. Trata-se, antes de mais nada, de um acerto de contas com a recepção inicial que dera à obra do autor de *Assim falou Zaratustra*. Até o início dos anos 30, o ideal guerreiro-nacionalista de Jünger fundara-se numa leitura um tanto seletiva e arbitrária do filósofo, carente de perspectiva histórica, como sublinha Thomas Körber, ao mapear a influência de Nietzsche na obra jüngeriana dessa fase:

> A insistência de Nietzsche quanto ao elemento culturalmente necessário da guerra, encarnado na cultura agonal dos gregos, é transposta por Jünger, sem descontos e sem diferenciações, às batalhas materiais previstas pela organização moderna da guerra.*

Ao redigir *Nos penhascos de mármore*, porém, o encanto nacionalista há muito se havia dissipado; e Nietzsche é então transposto para um campo de forças negativas a serem combatidas. No momento climático da epopéia o narrador descreve os passos de um niilista entregue a sonhos de supremacia e avassalamento dos vencidos, lembrando que se trata de um discípulo do "Incendiário", epíteto que Jünger cunhara para Nietzsche. Braquemart

> acreditava que houvera, desde o início, duas raças na Terra – os senhores e os servos – e que, com o passar do tempo, ambas haviam se misturado. Nesse ponto, era um discípulo do Velho Incendiário e exigia, como ele, uma nova seleção.

Mais tarde, sobretudo depois da guerra, Jünger voltaria a se haver com Nietzsche, enxergando em sua obra, contudo, muito mais uma premonição de eventos funestos que o empenho em forjar

* Thomas Körber, *Nietzsche nach 1945: zu Werk und Biographie Friedrich Nietzsches in der deutschsprachigen Nachkriegsliteratur*. Würzburg: Kónigshausen & Neumann, 2006, p. 87.

as armas de batalhas futuras. De todo modo, permanece ainda nos *Penhascos* o elogio dos ideais aristocráticos que preceituam as virtudes do herói-soldado, em visão nostálgica que se vê rendida diante da *ratio* condutora da guerra mecanizada. Jünger observava consternado o desaparecimento do duelo submetido a códigos de honra e respeito à integridade moral do adversário; sabia que agora se impunha o confronto com inimigos não diretamente visibilizados e antecipadamente difamados pela propaganda dos governos nacionais. É preciso notar que, se de um lado Jünger rompeu com os ideais do nacionalismo belicoso, permaneceu, por outro, um espírito aristocrata, descrente da democracia e da capacidade do povo para se organizar livremente, sem o auxílio de uma casta superior. A leitura de *Nos penhascos de mármore* traz mais de um exemplo desse conservadorismo político, em que pese a coragem do autor na denúncia dos horrores nazistas.

Num breve comentário sobre os *Penhascos*, reproduzido nesta edição, Antonio Candido chama a atenção para a importância da viagem de Jünger ao Brasil, com relevo para o impacto que a visão das serpentes tropicais haveria de ter causado no escritor itinerante.* Três anos depois, lembra o crítico, os ofídios ganhariam papel destacado na fauna que povoa as falésias onde se alojam o narrador-personagem e seu irmão. Com respeito à presença e à função da cobra na narrativa, "ao mesmo tempo propícia e fatídica", Antonio Candido ressalta que se trata do "único animal que vive no espaço destinado ao saber, à ciência do bem e do mal, segundo a tradição." E, modestamente, atribui às suas considerações caráter meramente especulativo.

* Antonio Candido, "A viagem de Jünger", in *O albatroz e o chinês*. Rio de Janeiro: Ouro sobre Azul, 2004.

Seu palpite, não obstante a observação reticente, não falha; dados coligidos a partir dos diários de Jünger confirmam plenamente as suas suspeitas. Em 3 de abril de 1939, o autor dos *Penhascos* registrava o título provisório de "A Rainha das Serpentes" para o trabalho em andamento, o que revela de antemão a posição central que a fauna viperina ocuparia na fábula. Em 27 de maio, Jünger anotava a troca da designação "Kupferotter", uma subespécie de víbora existente na Europa, por "Lanzenotter", o nome alemão para uma das inúmeras variedades de jararaca que habitam a América tropical – porque esta serpente lhe propiciava, com maior finura, certa nuança, certa "penumbra" necessária ao grau de indeterminação que ele desejava para o texto.

Ao enumerar as paisagens que o inspiraram na constituição dos rochedos marmóreos da ficção, Jünger associa os elementos principais da fauna e da flora ali reinantes às encostas alcantiladas que enfeixam a baía da Guanabara, recordando "a forma como, no Rio, as escarpas se projetam do solo, de um modo que faz pensar em orquídeas e serpentes". Também a curiosa simetria do desenho formado pelas cobras nos *Penhascos* potencializa as circunvoluções que as serpentes do Instituto Butantan, em São Paulo, exibiram aos olhos fascinados do escritor. De volta a Santos, ele descrevia, em 18 de novembro de 1936, a performance observada no serpentário paulistano:

> Todos os movimentos desses seres são completos e apresentam uma sucessão de figuras grandes e simples, como a da linha reta, do círculo, da espiral, do oval, do oito, do *S* latino, da linha ondulada e do anel cujas pontas se emaranham. Uma geometria tão perfeita só é possível ali onde faltam membros e quaisquer tipos de apêndices, como asas, barbatanas, mãos e pés.

Um segundo elemento de vital importância na paisagem dos *Penhascos*, sublinhado igualmente por Antonio Candido, está presente na densidade das matas tropicais, espelhadas na floresta quase impenetrável do monteiro-mor. Ao deparar pela primeira vez a imagem portentosa da selva amazônica, Jünger quedou-se pasmo e quase sem meios de descrevê-la. A bordo do *Monte Rosa*, o navio que o trouxera ao Pará, o viajante recém-chegado registrava em seu diário:

> A impressão mais forte de uma viagem assim, à qual tudo o mais se conforma e se submete, é aquela propiciada pela dimensão gigantesca. Temos a sensação de que nos movemos em meio a braços de mar; e nas matas, que sem recuo debruam as águas, a vegetação desenvolve uma força que tudo domina. Em certos pontos, julgo adivinhar o máximo de opulência que a nossa estação terrena nos pode revelar.

Lévi-Strauss, que aqui aportara pouco mais de um ano antes de Jünger, procura explicar o abalo provocado por essa visão desorientadora no espírito do homem acostumado aos padrões silvestres do velho continente. Faltam-lhe, diz o antropólogo, parâmetros conhecidos com que possa aquilatar a nova experiência: "O viajante europeu fica desconcertado com essa paisagem que não se enquadra em nenhuma de suas categorias tradicionais. Ignoramos a natureza virgem, nossa paisagem é ostensivamente subjugada ao homem."*

A experiência da floresta equatorial constituiu certamente um dos impulsos principais na caracterização da selva dominada

* Claude Lévi-Strauss, *Tristes trópicos*, trad. Rosa Freire d'Aguiar. São Paulo: Companhia das Letras, 1996, p. 89.

pelo *führer* do Teutoburgo – mata densa e avassalada por árvores imensas, cenário inexistente nas lindes européias. Também a sensação provocada pelos odores da flora brasileira ressoa no texto de Jünger. De Santos ele relata que "algumas das flores exalam um cheiro singularmente forte, como o da baunilha concentrada. Mal se pode conceber que elas sejam toleradas nas proximidades das casas" – fenômeno que se reproduz na narrativa, em passagem onde as portas do eremitério que se abrem para o jardim haviam de ser fechadas, "pois o aroma fresco das flores era demasiado intenso."

Mas nem tudo foi assombro e desmesura no roteiro seguido por Jünger em terras brasileiras. A gente do lugar surpreendia-lhe, igualmente, mas sem lhe subtrair a percepção da alteridade ou o grato reconhecimento do cultivo de antigas virtudes. O respeito e a admiração com que Jünger trata em seu livro o representante de um povo simples, bem poderia traduzir um eco de sua passagem pelo Brasil. De Belovar, pastor semibárbaro da Campanha, o narrador diz que ele "encarnava o que havia de melhor nas grandes pastagens", acrescentando que com o passar do tempo, ele e seu irmão haviam se acostumado ao velho. "O selvagem fogo da terra ardia dentro dele, mas não havia desdouro em sua conduta", pois "sua vida rústica não era desprovida de virtude e nela o fogo da paixão ardia de um modo que as cidades desconhecem." Identificar traços de humanidade numa cultura rudimentar e pré-urbana representava genuína afronta à ideologia oficial da raça ariana superior e suas pretensas conquistas civilizatórias. Pois em Belém do Pará, terra de povo "atrasado" e mestiço, Jünger registrava encantado o gesto que reencenava a hospitalidade dos antigos. À falta de dinheiro trocado para pagar uma passagem de bonde, ele conta que um jovem que se sentara a seu lado incumbira-se de saldá-la. Ao narrar o incidente, Jünger adicionou o comentário de que "a gentileza, uma das grandes virtudes romanas, alcança aqui um tipo de *bravour*, do mesmo modo que a presteza em ajudar é absolutamente intrínseca ao povo da terra". Nada menos arianizante nem menos distante da *politesse* de Belovar.

Ao retornar da incursão aos trópicos, Jünger teria ainda a oportunidade de se consolar do horror nazista, ao contemplar no ambiente doméstico o sinal de que um resto de humanidade ainda cintilava em meio à escuridão daqueles dias: "O pequeno Alexander, que a todos chama de tio – as crianças sabem ainda que todos os homens são irmãos".

Sugestões de leitura

A obra de Ernst Jünger é vasta e abrange mais de cinqüenta livros, entre ficção, ensaio, correspondência e diários. A editora alemã Klett-Cotta os reuniu em 22 volumes de obras completas; os livros estão disponíveis também em edições individuais. A mesma editora publicou diversos trabalhos em torno de Jünger: uma bibliografia bastante completa – *Bibliographie der Werke Ernst Jüngers*, por Hans Peter des Coudres (Stuttgart: 1996); a fotobiografia *Ernst Jünger – Leben und Werk in Bildern und Texten*, por Heimo Schwik; e quatro livros de correspondência, com Rudolf Schlichter, Carl Schmitt, Gerhard Nebel e Friedriech Hielscher.

O volume de fortuna crítica, *Über Ernst Jünger*, organizado por Hubert Arbogast (Stuttgart: Klett-Cotta, 1995), dá uma idéia do amplo espectro de interesses suscitados por sua obra, com textos de André Gide, Julien Gracq, Herman Hesse, Max Bense e Alfred Andersch, entre outros. Dois volumes de homenagem ao escritor também foram publicados pela mesma editora. *Magie der Heiterkeit: Ernst Jünger zum Hundertsten*, organizado por Günter Figal e Heimo Schwilk, traz ensaios de Heiner Müller e Botho Strauss, entre outros.

Os textos de Gide e Gracq dão a medida da repercussão de sua obra do outro lado do Reno. Gide saudou o livro de estréia de Jünger, *In Stahlgewittern* [*Tempestades de aço*, 1920, que será publicado pela Cosac Naify] com entusiasmo: "O livro de Ernst Jünger sobre a guerra de 14, *Tempestades de aço*, é incontestavelmente o mais belo livro de guerra que já li, de uma boa fé, de uma honestidade, de uma veracidade perfeitas". Gracq, por sua vez, viu em *Nos penhascos de mármore* uma "realização excepcional". Os franceses permaneceriam grandes leitores de Jünger na entrada do século XXI: em Montpellier, foi criado o Centre de Recherche et de Documentation Ernst Jünger, que publica a revista *Les Carnets Ernst Jünger*.

Algumas revistas acadêmicas lançaram números especiais sobre a obra do escritor: *New German Critique* n. 59 – *Special Issue on Ernst Jünger* (primavera/verão de 1993) traz dois ensaios do escritor, "War and Photography" e "On Danger"; e um texto de Heinrich Böll escrito por ocasião dos oitenta anos de Jünger, além de outros estudos. A revista de literatura alemã *Text + Kritik* tem os números 105 e 106, de 1990, dedicados ao escritor.

O lançamento dos diários de guerra em dois volumes na Bibliothèque de la Pléiade, *Journaux de guerre 1914-1918* e *Journaux de guerre 1939-1948* (Paris: Gallimard, 2008), sob coordenação de Julien Hervier, confirmou o prestígio de Ernst Jünger na França, onde é farta a escolha de edições de suas obras. Hervier, um dos grandes especialistas franceses na obra de Jünger, publicou também um volume de entrevistas com o escritor: *Entretiens avec Ernst Jünger* (Paris: Gallimard, 1986).

O primeiro volume dos diários inclui *In Stahlgewittern*, testemunho que glorifica sua experiência nas trincheiras, além de outros escritos da Primeira Guerra Mundial; o segundo traz o relato da vida de Jünger na Paris ocupada, onde o escritor servia como capitão. O organizador incluiu no índice remissivo e no apêndice a identificação dos muitos personagens reais, citados pelo autor de maneira cifrada. Em seu diário, Jünger compôs um dos mais interessantes relatos sobre a vida na capital francesa sob o nazismo.

A primeira edição em português de *Auf den Marmorklippen* foi publicada sob o título *Sobre as falésias de mármore*, em tradução de Carlos Sampaio (Lisboa: Estúdios Cor, 1973). Com o mesmo título, o livro ganharia uma nova edição em Portugal, na década seguinte (Lisboa: Vega, 1987), com tradução, prefácio e notas de Rafael Gomes Filipe. Outros livros de Jünger, de ficção e ensaio, tiveram edição portuguesa. Também em espanhol, inglês e italiano sua obra vem sendo traduzida há algumas décadas. No Brasil, no entanto, foi publicado apenas o romance *Eumeswil* (Rio de Janeiro: Guanabara, 1987). Marco Aurélio Werle traduziu um de seus ensaios filosóficos, "Sobre a linha", publicado nos *Cadernos de Tradução* n. 3 (DF/USP, 1998). Uma coletânea de ensaios organizada por Jünger e publicada em 1930, *Krieg und Krieger*, foi objeto no mesmo ano um comentário de Walter Benjamin, "Teorias do fascismo alemão. Sobre a coletânea *Guerra e guerreiros*, editada por Ernst Jünger", que no Brasil foi traduzido por Sergio Paulo Rouanet em *Obras Escolhidas. Vol. 1* (São Paulo: Brasiliense, 1994, pp. 61-72).

A passagem de Jünger pelo Brasil, em 1936, que três anos depois teve papel decisivo na fatura de *Nos penhascos de mármore*, está registrada em seus diários, por ora disponíveis apenas em alemão (*Sämtliche Werke: Erste Abteilung. Tagebücher*. vol. 6 Atlantische Fahrt. Stuttgart: Klett-Cotta, 1979). Como se vê na apresentação da presente edição, "A viagem de Ernst Jünger", originalmente publicada em *O albatroz e o chinês* (Rio de Janeiro:

Ouro sobre Azul, 2004), o registro não passou despercebido ao crítico Antonio Candido. No país, o crítico Anatol Rosenfeld já havia escrito sobre o autor alemão em 1960, no ensaio "Endívias violáceas: Ernst Jünger", incluído por J. Guinsburg e Abílio Tavares em *Letras germânicas* (São Paulo; Campinas: Edusp/Perspectiva/Editora da Unicamp, 1993). Nessa breve apresentação de Jünger ao leitor brasileiro, Rosenfeld comenta as principais obras do escritor e explica por que este "que foi um dos maiores preparadores espirituais do nacional-socialismo nunca aderiu ao regime hitlerista": "Foi o estômago que se revoltou". Otto Maria Carpeaux foi outro crítico pioneiro no Brasil a chamar a atenção para o autor de *Nos penhascos de mármore*, no texto "Rochedos e ruínas", recolhido em *Ensaios reunidos II* (Rio de Janeiro: Topbooks, 2005).

A edição inglesa de bolso de *Nos penhascos de mármore* (Londres: Penguin Books, 1970) traz como apresentação um ensaio em que George Steiner sublinha "as duas molas mestras da arte de Jünger": "a idéia da língua como um absoluto, como o *locus* da realidade e da sobrevivência supremas" e "a pesquisa das ciências biológicas", com informações valiosas sobre o entomologista Jünger. O crítico e tradutor português João Barrento escreveu um ensaio vibrante sobre o escritor, "Ernst Jünger: que a beleza nos preserve do mal!", incluído em *A palavra transversal – Literatura e idéias no século* XX (Lisboa: Cotovia, 1996). O inglês Bruce Chatwin foi outro escritor contemporâneo que se interessou pela obra de Jünger no início dos anos 80, quando publicou o ensaio "Ernst Jünger: An Aesthete at War", mais tarde recolhido no volume *What am I Doing Here?* (Londres: Pan Books/Picador, 1990).

No início dos anos 1980, renova-se o interesse pela obra e pela vida de Jünger, que ressurgiria como personagem de livros de ficção e teria seus diários de guerra roteirizados em documentários. Em 1981, o cineasta e escritor argentino Edgardo Cozarinsky dirigiu o celebrado *La guerre d'un seul homme*, produção franco-alemã (35 mm, preto-e-branco, 105 min.), nas palavras do próprio diretor, "uma ficção documental ou um documentário de ficção". O filme, uma polifonia de imagens, canções (proibidas ou de propaganda nazista) e outros elementos discursivos, tem como fio condutor o texto de Jünger. Em outro documentário, *Revoir Paris: Mémoires d'Allemagne*, de Michèle Mercier e Frank Cassenti (1994, cor, 58 min.), o texto de Jünger, ora lido, ora encenado, pontua as entrevistas de sete testemunhas alemãs – alinhadas ou não com os nazistas – da ocupação em Paris.

O capitão da Wehrmacht Jünger ressurge também em obras de ficção, na forma de personagem: na novela *Noturno do Chile*, do chileno Roberto Bolaño (São Paulo: Companhia das Letras, 2004), que narra um encontro em Paris, durante a ocupação, entre Jünger e o poeta Salvador Reyes (segundo o narrador, o único chileno "a mostrar seu trêmulo nariz na obra escrita desse alemão"); e em *As Benevolentes*, romance do franco-americano Jonathan Littell (Rio de Janeiro: Objetiva, 2007). Günter Grass, que em *Meu século* (Rio de Janeiro: Record, 2000), faz uma espécie de balanço literário e social do século XX alemão, dedica os capítulos relativos aos anos de 1914 a 1918 a um encontro fictício entre Ernst Jünger e Erich Maria Remarque, o autor de *Nada de novo no front*.

Coleção Prosa do Mundo
Conselho editorial Augusto Massi e Davi Arrigucci Jr.

Coordenação editorial Paulo Werneck
Projeto gráfico da coleção Fábio Miguez
Capa Maria Carolina Sampaio
Composição Jussara Fino
Preparação Juliana Lugão
Revisão Iuri Pereira

Dados Internacionais de Catalogação na Publicação (CIP)
(Câmara Brasileira do Livro, SP, Brasil)

Jünger, Ernst [1895-1998]
Nos penhascos de mármore: Ernst Jünger
Título original: *Auf den Marmorklippen*
Tradução e posfácio: Tercio Redondo
Apresentação: Antonio Candido
São Paulo: Cosac Naify, 2008
200 pp.
[Coleção Prosa do Mundo; 23]

ISBN 978-85-7503-104-9 (obra completa)
ISBN 978-85-7503-724-9 (v. 23)

1. Ficção alemã I. Redondo, Tercio II. Candido, Antonio
III. Título IV. Série

08-07128 CDD-833

Índices para catálogo sistemático:
1. Ficção: Literatura alemã 833

COSAC NAIFY
Rua General Jardim, 770, 2º andar
01223-010 São Paulo SP
Tel. [55 11] 3218 1444
www.cosacnaify.com.br

Atendimento ao professor [55 11] 3218 1473

O ensaio "A viagem de Jünger", de Antonio Candido, integra o volume de ensaios O albatroz e o chinês, *publicado pela Ouro sobre Azul (Rio de Janeiro, 2004), e foi por ela cedido especialmente para esta edição.*

Imagem de sobrecapa: Extraída de *Locupletissimi rerum naturalium thesauri accurata descriptio, et inconibus artificiosissimis expressio, per universam physices,* de Albertus Seba. Prancha 41, figura 4 (tomo 2, tabula 60) (detalhe). Haia, Koninklijke Bibliotheek.

Foto do autor: Paris, 1942. Acervo Florence Henri.

FONTE Bembo
PAPEL Chamois fine dunas 80 g/m²
IMPRESSÃO Geográfica
TIRAGEM 3.000